富豪と別れるまでの九カ月

ジュリア・ジェイムズ 作
久保奈緒実 訳

ハーレクイン・ロマンス
東京・ロンドン・トロント・パリ・ニューヨーク・アムステルダム
ハンブルク・ストックホルム・ミラノ・シドニー・マドリッド・ワルシャワ
ブダペスト・リオデジャネイロ・ルクセンブルク・フリブール・ムンバイ

ACCIDENTAL ONE-NIGHT BABY

by Julia James

Published by Harlequin Japan,
a Division of K.K. HarperCollins Japan, 2025

ジュリア・ジェイムズ

10代のころ初めてミルズ＆ブーン社のロマンス小説を読んで以来の大ファン。ロマンスの舞台として理想的な地中海地方やイギリスの田園が大好きで、特に歴史ある城やコテージに惹かれるという。趣味はウォーキングやガーデニング、刺繍、お菓子作りなど。現在は家族とイギリスに在住。

主要登場人物

シエナ・ウエストブルック……………事務員。
メーガン・スタンレー………………シエナの友人。
フラン……………………………………メーガンのルームメイト。
ヴィンチェンツォ・ジャンサンテ……イタリア人投資家。

1

その証拠は目の前にあった。カーテンからは薄明かりが差しこみ、浴室からも光がもれていた。女性は彼がシャワーを浴び、着替えをすませる間に眠ってしまったらしい。昨夜は眠るどころではなかったから無理もない……。

思い返さないほうがいいのに、脳裏に記憶がよみがえった。女性の完璧な体に張りついた丈の短いドレスをゆっくりと官能的にはぎ取ったこと。ブラを取って豊かな胸をあらわにしたこと。胸をてのひらで包みこんで愛撫《あいぶ》するとその先がとがり、彼女の唇が唇に重なって、手が彼の首に巻きついたこと。

それらの記憶が体に衝撃を与え、ヴィンチェンツォは手を伸ばして女性の絹糸のような髪を撫《な》でた。彼女の豊満な体をふたたびかかえあげ、昨夜差し出されたすべてを味わいたくなった。

しかしそうするのは無理だったうえ、賢明でもなかった。

ヴィンチェンツォ・ジャンサンテはホテルのベッドにいる女性を見おろした。彼女がまだ眠っていたので起こしたくなかった。

しかし起こさなければならない。

それでもしばらくの間は、彫像のように美しい背中を半分上掛けで隠した女性を見おろしつづけた。うつぶせになった彼女は片方の手を喉のそばに、もう一方の手はベッドの空いている側に投げ出している。長い暗褐色の髪は枕の上に広がり、顔はついさっきまで彼が横たわっていたほうを向いていた。

ヴィンチェンツォは無表情のまま考えた。昨夜、僕は本当にこの女性とベッドをともにしたのか？

なぜ昨夜は欲望に屈したのか？　ロンドンでのビジネスで役に立ちそうな人々と友好関係を築こうと考えていたはずなのに、ホテルの一室で開かれていたパーティで、この女性のどんなところに惹《ひ》かれたのだろう？

とにかくヴィンチェンツォは彼女の海を思わせるブルーグリーンの大きな瞳や長いまつげ、高い頬骨、弧を描く唇から目が離せなかった。ほっそりしていながらとても健康的な体、胸元が深くくれたドレス、腿までのストッキングに包まれた長い脚、ヒールが十数センチもあるパンプスからも。

相手に溺れた理由はわからないが、もう終わりにしなくては。

ヴィンチェンツォは手を伸ばし、女性のむき出しの肩に軽く触れた。身じろぎもしないので、彼女の名前を呼んだ。「シエナ……」

昨夜、話しかけてきた女性を見て拒絶するまいと思ったヴィンチェンツォは、会話を続ける手段として名前をきいた。そして話をしながら彼女を見つめた。相手も彼に同じことをしていた。目は見開かれ、頬骨のあたりはほんのり染まり、唇は少し開いていて、息づかいは浅い。そのすべてがヴィンチェンツォを強く意識しているのを物語っていた。彼も女性に引きつけられていた。

その後の会話は単なる目的達成の手段にすぎなかった。トスカーナ州の都市にちなんでつけられた女性の名前は、ヴィンチェンツォのイタリア国籍とのつながりとなった。彼はシエナにイタリアのどこから来たのかと尋ね、なぜロンドンにいるのかと続けた。それからどうということのないやり取りをして、会話を始めた本来の目的へ誘導した。その目的とはもし長居する理由がないなら、適度に時間を置いたのちににぎやかなパーティを抜け出し、もっと互いをよく知るためにホテルの別の場所で食事をすることだった。

そして二人とも承知していたように、行き着く先はただ一つだった。ファルコーネ・ホテルのレストランはロビーの奥にあり、シエナはヴィンチェンツォについてきた。来るという確信が彼にはあった。その瞬間、決断は下されていたのだ。

今はどうかというと、ヴィンチェンツォは新たな決断を下すはめになっていて、もはやその作業を終えていた。それなら実行しろ。迷っている余裕も、考え直す暇もない。

後悔している場合でもない。

これ以上後悔したくはなかった。すでにじゅうぶんしていたからだ。自分にもシエナにも厳しくならなくては。

もう言い訳はしない。

「シエナ……」ヴィンチェンツォはもう一度彼女の名前を少し大きな声で呼んだ。

シエナが身じろぎをしたあと、目を覚ました。頭を上げてヴィンチェンツォを見ながらまばたきをし、肘をついて体を起こす。乱れた髪がむき出しの肩をおおった。

「僕は行かなくてはならない」彼は口を開いた。声は冷たく淡々としていた。「だが君は急がなくていい。よければ朝食を注文してくれ。料金は僕が払う宿泊費に含まれているから」

シエナの返事は待たなかった。聞きたくなかったし、今日という日を早く始めたかった。スケジュールはつまっていて、最初の予定は朝食をとりながらの会議だった。

ブリーフケースを手に取り、ヴィンチェンツォは部屋を出た。今夜もこの部屋に泊まるが、帰りは遅くなるはずだ。それから拠点であるミラノに戻る。

そしてシエナとの一夜は過去になるのだ。

ヴィンチェンツォは部屋のドアを閉めてエレベー

ターに向かった。頭の中はすでに会議のことでいっぱいで、昨夜の出来事は気にもしていなかった。

シエナ・ウエストブルックは枕に体をあずけた。急に寒さを覚えたけれど、上掛けを引っぱりあげはしなかった。

彼女は天井を見つめた。

心臓がどきどきしている。

裸なのは前日の夜、会ったばかりの男性と一夜をともにしたからだ。それに……。

突然、シエナははっとした。

ああ、神さま、私は本当にこんなことをしてしまったのでしょうか？

彼女は豪華な内装の部屋を見まわした。ここはメイフェアにあるファルコーネ・ホテルで、上品で高級感があるのは当然だ。昨夜食事をとった、有名なシェフが腕をふるって超高級な料理を提供する評判の高いレストランもそうだった。学生時代の友人メーガンに、せっかく来たのだから楽しまないとと言われ、引っぱっていかれたパーティもそうだった。

メーガンはブランド物のモーブ色が美しいシルクのカクテルドレスも貸してくれた。着てみるとサイズが小さすぎたけれど、メーガンは〝とてもすてきよ〟と言ってシエナの髪を整え、いつもとは違うメイクをして、マニキュアをぬった。それからヒールが十数センチもあるパンプスを渡し、サテンのクラッチバッグを押しつけた、自分もおしゃれをすると二人でタクシーに乗りこみ、ノッティングヒルのメーガンのフラットからメイフェアに向かい、パーティ会場であるホテルの部屋で別れたのだった。

〝これは仕事と社交を兼ねてるの〟一流の広告会社で出世しているメーガンは、タクシーの中でシエナに告げた。〝それが何年もつらい思いをしてきたあなたに必要なものよ。あなたは自分の人生を生きるのを保留にしてきた。私はあなたがそうせざるをえなかった理由を知ってるし、すごいと思ってる。秋には夢だった美術学校に行くんでしょう。それなら今夜のパーティから人生の再スタートを切るのよ。久しぶりに人とまじわってね〟

友人はシエナの手を握り、同情のこもった声で言った。

〝だから今夜は髪を下ろしたんでしょう。いつもと違う自分になって、思いっきり楽しむの。出会いがあるかもしれないわ〟

ホテルの部屋で一人、ベッドの枕に寄りかかっているうち、シエナの熱に浮かされたような気持ちは凍りついた。

〝出会いが……〟というメーガンの言葉が頭の中に響くと、さらにむなしさがふくらんだ。

脳裏に男性の姿が浮かんだ。昨夜、通りかかった給仕からシャンパンのグラスをおそるおそる取ったとき、シエナは何者かに押され、振り返った拍子に別の誰かにぶつかった。とっさに謝ろうとしたけれど、言葉は舌先でとまった。

彼女は目を見開き、口をあんぐり開けて、顔を真っ赤にした。

今まで見た中でいちばんすてきな男性だった。

彼は背が高く、そこにいるほかの男性たちと同じ黒の蝶《ちょう》ネクタイをしていた。シエナはただ見つめることしかできなかった。相手の黒髪を、無駄な肉のついていない顔を、まっすぐな鼻を、印象的な唇を。それに黒い瞳は吸いこまれそうなほど——。

〝ご……ごめんなさい！〟息が苦しくて声がかすれた。

一瞬、男性はなんの反応もしなかった。それから口を開いて丁寧に言った。〝お気になさらず〟

完璧な英語にはかすかなアクセントがあって、シエナはますます息が苦しくなった。

その場から離れたかったけれど、体は麻痺《まひ》したように動かなかった。

男性が軽くうなずいた。〝ひと目惚《ぼ》れかな？〟

またしても言葉には地中海の国の人らしいアクセントがあった。男性にはなにかがあった。そう思ったのはタキシードのデザインか、髪型か、それとも都会的な雰囲気のせい？　ひょっとしたら彼が謎めいたまなざしを堂々とシエナにそそいで、ますます呼吸に問題が発生したせいかもしれない。

〝ええ〟彼女はそう答える自分の声を聞いた。

〝フレンチドアのそばならここより人がいない〟男性が優雅で無駄のない動きで、方向を指し示した。

彼もシャンパンのグラスを持っていることに、シエナは気づいた。彼女がそちらへ向かうと、男性もあとからついてきた。〝ここのほうが絶対にいい〟そしてほほえみかけた。

ひと息つきかけていたシエナは、ふたたび呼吸ができなくなった。

それからはぼんやりした時間が流れたが、すべての瞬間が鮮やかでもあった。

男性はシエナに名前を尋ね、自分の名前を告げた。同じ名前を持つイタリアの町に行ったことはあるかと尋ねられたので、イタリア自体に行ったことがないと答え、彼の出身地を尋ねた。

そしていつどうやってそうなったのかはわからなかったけれど、シエナはヒールが高すぎるパンプスで必死に優雅に歩きながら男性とレストランへ行った。食事をしている間に、男性から部屋に誘われているのに気づいた。

どうやってかはわからなくても、なぜなのかは熱をおびた体がわかっていた。

裸の体が冷たくなっていても、今も顔だけはほてっていた。

なぜなら二十六年間、あの男性みたいな人には出会った記憶がなかったからだ。彼の圧倒的な魅力を前にして、シエナの胸は高鳴り、瞳孔は開き、息は苦しかった。あらがえるとは思えなかった。

だからあらがわなかった。

私は従うしかなかった。彼はただ私を見つめるだけでよかった。あの目が細くなった瞬間、私は全身の血が沸騰し、骨までとけたかと思った。

あれが欲望だったのだ。私の頭の中は欲望でいっぱいになっていた……。

思い出したシエナはまた頰が紅潮するのを感じた。昨夜のようなことをしたのは生まれて初めてだった。けれど、あれほどすてきな男性に出会ったのも生まれて初めてで、完全に心を奪われてしまった。欲望を抑えつけるなど思いつきもしなかった。

それだけはしたくなかった。男性が極上の喜びを巧みに与える間、シエナは衝動に命じられるまま相手に身をゆだねていた。最初の官能的なキスにも、彼と一つになるとあふれんばかりにわきあがった途方もない恍惚《こうこつ》感にも。

のぼりつめたとき、シエナは背を弓なりにし、頭を後ろに倒して叫び声をあげた。

何度も、何度も、同じことは続いた。

ひと晩じゅう。

そして朝がきた……。

もはや欲望は消え去り、シエナの身も心もただ寒々としていた。

彼は姿を消していた。

あれほどの夜を過ごしたのに、一人でいなくなってしまうなんて。

シエナの全身は寒々しくなるのを通り越して凍りついていた。

2

六週間後……。


シエナは勢いよく息を吸い、勇気を振り絞って二度と会いたくない男性のもとへ向かうエレベーターに足を踏み入れた。

ヴィンチェンツォ・ジャンサンテのもとへ。

なぜ彼に会いたくないのか、メーガンは理解してくれず、わけがわからないという顔でシエナを見つめた。〝当然言わないと！　調べたら相手は大金持ちだったわ！　敏腕の投資家なんてすごいじゃないの！〟

シエナの口が引きつった。〝メーガン、大事なのはそこじゃなくて――〝

相手がお金持ちかどうかなんてどうでもよかった。話さなければならないと思ったのも、シエナが好むと好まざるとにかかわらず、彼には知る権利があるからだ。

そう思ったからこそ、ヴィンチェンツォがロンドン出張中にオフィスとして使っている、このおしゃれなホテルへやってきたのだ。

メーガンは友人のために会社の人脈を使って、ヴィンチェンツォが今週ロンドンにいると突きとめてくれた。おまけにずうずうしくも電話までかけて、ヴィンチェンツォが今日の午後、部屋にいることさえ確認してくれた。けれど面会の約束までは取りつけなかった。その理由を、彼女はシエナにこう説明した。もしシエナが現れると知ったら、彼は会うのをいやがるかもしれないと。〝終わりにしたのに、あなたがつきまとってると彼は考えるはずよ〟

シエナは唇を引き結んだ。ヴィンチェンツォはたしかに私との関係を終わりにした。そして夜明けの薄明かりの中、振り向きもせずに部屋を出ていった。

今、私はそんな男性にもう一度かかわろうとしている。妊娠検査薬に表示された細い青の線を見て以来、自分でもまだ信じられない事実を伝えるために。

私がどう思おうと、彼には知る権利があるから。

エレベーターがとまり、金属製の扉が左右に開いた。そのとたんシエナは臆病風に吹かれ、扉を閉めたくなった。それでも自分をふるいたたせ、足を踏み出した。

ヴィンチェンツォは電話を終え、見込みのありそうな投資についての会話を頭の中で反芻《はんすう》した。よさそうな話だ。進めてもいいだろう。

さて、次はどうする？

革張りの椅子に背をあずけながら、このロンドン滞在中にこなすべき予定がぎっしり書かれた手帳をちらりと見た。一日の終わりには運動をする予定だった。このホテルにはジムもプールもあった。

今回はファルコーネ・ホテルではなく、ピカデリー通りにあるホテルに滞在していた。人脈を作るためのパーティにも行かない。前回のロンドン滞在中にしたことは絶対にしない。あんなまねは今まで一度もした覚えがなかった。出会ったばかりの女性と数時間でベッドに行き、朝まで一緒だったとは。しかも僕は彼女に夢中だった。

一瞬、二人で過ごしたあまりにも熱い一夜の記憶がよみがえりかけたが、ヴィンチェンツォはそれを抑えつけた。

僕は彼女を部屋に残して立ち去った。

あれはもう終わった関係だ。

彼は意識を午後の予定に向けた。次の電話は二十分後にかける予定だった。資料に目を通し、重要な点を書き出す時間はじゅうぶんある。

パソコン上にある資料のファイルを開こうとしたとき、デスクの電話が鳴った。「どうした?」ヴィンチェンツォはきびきびした声で応答した。

しかし秘書から面会を求めている者がいると告げられると、その顔は石と化した。

シエナは逃げ出したくなったものの、気を引きしめて踏みとどまった。デスクに座る女性は仕立てのいいスーツに身を包み、髪型も完璧だった。そして軽蔑した口調で、〝シニョール・ジャンサンテは約束のない方にはお会いしません〟と告げた。ましてや安物のスカートにセーターといういでたちで、化粧もせず、髪を後ろで一つにまとめた女性などお呼びではない――彼女の表情はそう語っていた。だがシエナも負けずに要求を繰り返した。

「私が来たと伝えてください」

あきれた顔をしつつ、女性はシエナの言葉に従った。それから非常に不愉快そうな表情で受話器を置き、〝奥の部屋へどうぞ〟と言った。

シエナはそうした。

心臓は太鼓の音かと思うほど大きく打っていた。

ヴィンチェンツォはシエナに目をやった。顔に表情はなかったが、心の中は激しく波立っていた。彼女の名前がめずらしくなかったら、相手が誰なのかわからなかっただろう。それよりも問題は、秘書が名前を告げたときの自分の反応だった。

シエナがこちらに向かって歩いてきたので、彼は立ちあがった。「これは予想外だな」それ以上はなにも言わなかった。

彼女がデスクの前で立ちどまると、ヴィンチェンツォは椅子に座り直した。相手に座るようには言わなかった。訪問を長引かせるつもりはなかった。

あの朝別れたとき、シエナは僕からの無言のメッセージを受け取らなかったのだろうか？　関係を続けることには興味がないというメッセージを。

受け取らなかったから、シエナはここに来たのだ。いつでもそうだった。大金を稼ぐようになって以来、ヴィンチェンツォはその大金を自分のために使ってもらいたがる女性たちの標的にされていた。

父親が狙われたように彼も狙われていた。

古い記憶がよみがえり、苦い怒りがこみあげた。妻を亡くすという悲劇を経験したあと、ただ愛する女性を見つけたかった父親がいかに女性たちの格好の餌食にされたか。それは最後の最後まで続いた。終わったのは十五年前、ヴィンチェンツォが大学に入ったころで、それまでは次から次へと女性が現れては父親を利用し、金を搾り取り、そのうちの一人が指に結婚指輪をはめるのを見ながら大きくなった。

二番目の妻は父親の全財産を奪った。

ヴィンチェンツォはなにも譲り受けなかった。だからゼロから自分のビジネスを立ちあげ、金を稼がなければならなかった。その金を強欲な女たちに渡す気はなかった。どんなことがあっても。

彼は視線を目の前の女性にそそいだ。ファルコーネ・ホテルでの夜とは全然違う姿だ。あの夜のシエナは最大限の魅力を振りまいていた。今はあの体にぴったりした丈の短いカクテルドレスの代わりに、膝丈のデニムスカートとコットンのセーターを身につけている。化粧っけはなく、髪は後ろで結んでいた。

しかしなにもしていなくても、シエナは美しかった。

いや。ヴィンチェンツォはその事実を冷酷に否定した。今はどうでもいいことだ。

「ええ、わかっている」シエナが口を開いた。話し方はたどたどしかった。「こんなふうに現れてごめんなさい」

「本当に悪いと思っているのかい？」ヴィンチェンツォは尋ねた。顔にはまだ表情がなかった。

シエナの目になにかがひらめいて消えた。手はキャンバス地のショルダーバッグを握りしめている。頭の片隅で彼は、なぜシエナは普段着で現れたのかと考えた。また僕を誘いたいなら、もっと身なりに気を配ったはずだ。

だが次の言葉で、彼女にはまったく別の目的があるのに気づいた。

「ええ」シエナは緊張した声で答えた。

それからしばらく彼女は黙りこんだ。かつてヴィンチェンツォに忘れがたいが二度と再現はできない一夜限りの極上の快楽を与えてくれた女性は、大きく息を吸ってやはり緊張した声で続けた。

「ここへ来たのは、妊娠しているとあなたに伝えたかったからなの」

ああ、とうとう言ってしまった！

シエナはバッグを持つ手にさらに力をこめた。

「こんな形で知らせてごめんなさい。でも、ほかに方法がなかったから」

むずかしかったけれど、そうするよう自分に言い聞かせてヴィンチェンツォを見つめた。熱い記憶がよみがえる。その衝撃は数週間たった今でも、あの夜と同じくらい圧倒的だった。しかし、彼女はそれを無視した。メーガンが何度も口にした彼の財産と同様、関係のないことだった。

「想像もしていなかったな」彼が言った。「おめでとう」

なめらかな口調だった。ナイアガラの滝のようにまっすぐで、迷いのない声だ。

ヴィンチェンツォは片方の手をクロムと革の肘掛けに、もう一方の手をマホガニーのデスクに置いていた。その姿勢のまま微動だにせず、顔にもまったく表情がない。目にも気持ちは表れていなかった。運命の夜、あの目は私を情熱的に見つめ、称賛していた。私の胸はどきどきし、体は熱くなって……。

シエナは顔をしかめた。「おめでとう？」

「ああ」声はまだなめらかだった。「君も、子供の父親も有頂天に違いない」

理解できず、彼女はヴィンチェンツォを見つめた。彼がデスクから上げた手を、シエナを黙らせるように突き出した。彼女はなにも言っていなかった。

「父親が誰かは知らないが」表情のない目がシエナをとらえた。「僕がその栄誉にあずかる唯一の候補者だと信じてもらえるとでも思っていたのか？　君は出会って数時間で僕のベッドにいたんだぞ。僕のあとで、同じ快楽を味わった男がほかに何人いたんだ？」

シエナは息ができなくなった。言われたことが信じられなかった。

ヴィンチェンツォが続けた。手は突き出されたままだ。悠然とした姿だったが、顔や目にやはり表情はなく、彼女はぞっとした。

「頼むから、僕の言葉に異議は唱えないでほしい。その代わりに勧めたいのは、次にどうするかだ。父親の可能性のある候補者全員の親子鑑定を医師に依頼し、結果がわかったら、それに基づいて行動するといい」

彼が立ちあがり、デスクをまわった。しかし向かったのはシエナのほうではなく、部屋の外に通じる二枚扉だった。

歩きながらヴィンチェンツォはさらに続けた。

「無駄足だったな。僕が今勧めたことをしていれば、こんなところまで来る必要はなかったのに」彼が二枚扉を開けた。「お引き取り願おう。数分後に別の約束があるんでね」

シエナは立ったまま固まっていたけれど、次の瞬間動き出した。自分の中にある感情がなんなのかはわからなかった。分厚い絨毯《じゅうたん》を横切り、二枚扉のそばにいるヴィンチェンツォと、外のデスクに座る秘書のそばを通り過ぎて、その先の廊下に出る。それから何度もエレベーターのボタンを押し、扉が開くと、なにも考えずに中へ入った。

エレベーターが下へ向かった。

地上に近づくにつれて、シエナは二つの感情で息がつまりそうになった。

一つは悔しさだった。

そしてもう一つは体が震えるほどの怒りだった。

ヴィンチェンツォはデスクに戻り、ゆったりとした椅子に座り直した。そのときも顔に表情はなかったが、感情がひそかに強く胸を締めつけていた。

こういう経験は初めてではなかった。十年前、二十代前半のころにも恋人に妊娠したと言われたことがあった。当時すでに金を稼ぎはじめていたヴィンチェンツォは恋人の嘘《うそ》を見抜き、どうなるか待った。すると、彼女が妊娠していなかったのがわかった。

では今回は？

ヴィンチェンツォは部屋の一点を見つめた。まあ、時間が解決してくれるだろう。もしシエナが本当に妊娠しているなら、僕にも親子鑑定の依頼がくるはずだ。そして――。

彼はそれ以上考えなかった。妊娠が本当だったときはそのときだ。結果が出てから対処すればいい。

そこまでシエナは存在しないも同然だ。

メーガンが険しい顔でシエナを見た。「彼はなんと言ったの？」尋ねる声はもっと険しかった。

シエナは部屋の中を歩きまわっていた。メーガンの整理整頓が行き届いた居間は狭く、歩きまわれる空間はあまりなかった。「ああ、彼は世間話すらしなかったわ！　子供の父親候補たちの親子鑑定を勧めてきて――」

「なんですって？」メーガンが驚いてきいた。

「聞こえたでしょう！　会ってすぐベッドをともにしたんだから、ほかにも父親候補がいるに違いないと侮辱されたのよ」

「彼がそんなことを？　で、あなたはなんて言ったの？」

シエナは歩みをとめ、友人と向き合った。「なにも。私は部屋から追い出されたの」

「追い出された？」

「追い出さなくても出ていったのに」顔が引きつる。「行かなければよかった！　無理をして行ったら……こんな目にあうなんて！」怒りに襲われて、シエナは拳を作った。

メーガンがきいた。「それじゃ……これからどうするつもり？」

シエナは友人を見つめた。「どうするって？　あそこに戻って、クリスマスまで彼をたたきつづける以外にってこと？」

「ええ、それ以外に」メーガンが言った。「でも、彼が証拠として親子鑑定を求めるのは当然だわ。こういう状況なら、男性は誰でもそうする」

シエナの目がぎらりと光った。「一夜限りの関係を持ったらってこと？」

「ええ、そう。つまり――」

「つまり」その声には目と同じくらい感情が表れていた。「私を毎日違う男性のベッドにいるような女だと思ってるのね」

メーガンが不安そうな顔をした。「あなたはそんな人じゃないわ。でも彼は――」

シエナの喉からくぐもった声がもれた。

メーガンが先を急いだ。「男性はそういうふうに考えがちなのよ。一カ月に複数の男性とベッドに行ったとしたら、どの男性の子なのかわかるわけないわ」両手を上げてシエナをなだめた。「怒らないで！　あなたたちが一夜の関係を持ち、朝になって彼が出ていったのは本当のことでしょう？」

シエナの目が灼熱《しゃくねつ》の輝きを放った。「思い出させてくれてありがとう。ええ、彼は朝になったら出ていった。感謝の言葉も礼儀もなくね。私に部屋に残って朝食を注文していいと言って――」息が苦しくなり、シエナは言葉を切った。あの夜が明けてからのことは話したくも、考えたくも、思い出したくもなくて、ソファに座るメーガンの横に身を投げ出した。「ああ、どうして私はあんなことをしてしまったの？」声には怒りと悲しみが入りまじっていた。

メーガンがなぐさめようと友人の腕を撫《な》でた。数週間前、シエナがヴィンチェンツォと一夜をともにしてから帰ってきたときも、友人は懸命に力づけた。たとえ一夜限りであっても、すばらしく魅力的なイタリア人男性と熱いひとときを過ごしたことで、シエナは新しく手に入れた自由を祝ったのだと。

たしかにあのすばらしく魅力的なイタリア人男性は失礼な立ち去り方をしたし、そのあとの態度もよくなかった。この数年、つらい思いをしてきたシエナは、あと何度かヴィンチェンツォに会ったり、イタリアを旅したりしてみたかった。しかし、今となってはすべてがだいなしになってしまった。できるのは被害を最小限に抑えることだけだった。

「親子鑑定の方法については私もよく知らないけど」メーガンが励ますように言った。「まずは二人で病院に行って――」

シエナは姿勢を正した。「冗談でしょう！」

「ほかに方法は――」

「あんな人には二度と会いたくない」

「腹はたつけど、それしか――」

「いや、いや、絶対にいや！　正しいことをしなくてはと思ったから、無理やりあそこには行ったの。屈辱的で、すごく恥ずかしかったのに！　彼は私にごみを見るような目を向けたのよ。またあんな目を向けられるとわかっていて近づきたいとは思わない」

シエナは歯を食いしばりながら立ちあがった。

「あんな人、早くイタリアへ帰ればいいんだわ。私は彼とベッドへ行くべきじゃなかったし、今日も会いに行くべきじゃなかった。生きている限り、彼とは会わない」まだ平らなおなかに両手をあてる。「私の赤ちゃんは……私だけのものよ」

彼女は居間を出てドアを閉めた。胸には嵐が吹き荒れ、心は冷たく硬い鋼鉄と化していた。

3

シエナはがっかりしてため息をついた。美術学校の寮の責任者からは、入居する予定だった部屋に赤ん坊と住むことは許可できないと告げられた。つまり、民間の賃貸物件を借りるしかなかった。

彼女はまたため息をついた。美術学校の学費にあてるつもりの両親の遺産でまかなえるかしら？　赤ん坊が生まれたらもっとお金がかかる。

どうして人生がこんなにも劇的に変わってしまったの？

こんなにも悲惨に。

たった一夜のせいで。

その一夜で、私の人生は決定的に変わってしまった。夢はついえたのだ。

世界的にも有名なロンドンの超名門美術学校に社会人学生として入学を許され、奨学金がもらえて寮にも住めることは快挙だった。けれどロンドンで子供を育てながら生活していくお金がない限り、学校には通えない。

メーガンのフラットにもいつまでも滞在できなかった。ルームメイトのフランが夏期休暇中の間だけの予定で、シエナはメーガンの働く広告会社で事務員をしていたからだ。学校が始まって寮に移るまではその仕事を続けるつもりだった。しかし、今やそうするのは無理だ。

シングルマザーのための公営住宅は申請者がとてつもなく多い。つまり日あたりの悪い小さな部屋を借りるか、安ホテルに泊まるしかなさそうだ。

シエナはさらに深い失望のため息をついた。困難な状況の中でも決断しなければならなかった。ほかに選択肢はない。

その夜仕事から戻ってきた友人に、シエナは言った。「メーガン、私、学校をあきらめるわ。そんな余裕はないもの。ロンドンを出て、もっと安く住めるところをさがす。子供が生まれるまでは働いて、出産後は両親の遺産で育児をする。学校については……」彼女は肩をすくめた。「前にも一度あきらめたし、また挑戦するわ」

メーガンがうろたえた。「そんなことしちゃだめよ。昔、あなたがどんな気持ちで夢をあきらめたか、私はわかってる。今度もあきらめるなんて言わないで」

シエナは悲しい顔で友人を見た。「ほかに方法はないわ。経済的に無理なんだもの。それに悪いのは私でしょう？　妊娠したのは私なんだから――」

「いいえ、あなたは望んで妊娠したわけじゃない」メーガンが力強く言った。「あなたが二度と連絡したくないあの男が、あなたを妊娠させたのよ」

シエナは両手を上げた。「メーガン、お願いだからこれ以上なにも言わないで。もう決めたの。学校はやめて、ロンドンから引っ越す。家賃がいちばん安くて、赤ちゃんを育てていけるくらい物価が安いところをさがすわ。大丈夫よ」

メーガンの表情が変わった。「違う選択肢だってあるわ。産まないという選択肢だって——」

「いいえ！」今度はシエナの声が力強くなった。

「そんなことはしない。考えたこともないわ」

友人が唇を噛《か》み、不安そうな表情を浮かべた。

「わかったわ……あなたが経験した出来事を思えばそうよね」しばらく黙り、それから思いついたように口を開く。「養子に出すのはどう？　子供を望んでいる夫婦はたくさんいる——」

「養子も無理。メーガン、たしかに私は妊娠したくなかったわ。けれど、妊娠してしまったのなら責任がある」ほかの誰でもなく私には。

納得したのか、メーガンは反論しなかった。しかしキッチンに向かう友人の顔は、なにかを決意しているように見えた……。


ヴィンチェンツォは紺碧《こんぺき》の海を進んでいく複数のヨットを眺めていた。ここサルディーニャ島にいるのは、投資を考えている会社の最高経営責任者《CEO》と会うためだ。午後の便でミラノに戻る前に、彼はホテルで昼食をとっていた。

日陰が涼しい屋外のテラス席で料理を口に運んでいる間、紺碧の湾ではヨットがまだ行き交っていた。その平和な光景を見ているうち、さまざまな思い出がよみがえってきた。

十代のころはヨットの乗り方を習いたかった。超高速で走る軽量ヨットに乗って、波とたわむれたかったのだ。なんの心配もせずに……。

だが、ヴィンチェンツォの十代は心配事ばかりだった。妻を亡くした父親がかなりお人よしなのには早くから気づいていた。女性たちは父親に近づいてきては散財をさせた。それからついにある女性が父親の後妻におさまると、浪費はますますひどくなった。その結果、父親は大きなストレスをかかえ、すべてを後妻に遺《のこ》して死んだ。そうなるのを待っていた彼女に……。

ヴィンチェンツォの表情が険しくなった。父親の悲惨な経験から、僕は欲の深い女性をあなどってはならないと学んだのだ。

別の記憶がよみがえった。シエナから親子鑑定をしてほしいという連絡はなかった。明らかにあれははったりだったのだ。つまり彼女は僕をだまそうとしたわけで、ファルコーネ・ホテルで立ち去った僕は正しかった。二度と会わないという決断も。シエナがどれほど魅力的でも。

彼はワイングラスに手を伸ばした。初めて目にしたときから、シエナは本当に魅力的だった。口を開け、驚いた顔で見つめていた彼女ははっきりと僕に惹《ひ》かれていた。シエナを腕の中に引きよせ、そのやわらかく官能的な体からゆっくりと思わせぶりに丈の短いぴったりしたドレスを脱がせると……。

なんと彼女に夢中だったことか。

それでも最高のひとときだった。一夜限りと決めていたとはいえ、あれは記憶に残ると同時にまったく自分らしくない一夜だった。

ヴィンチェンツォはワインを飲みほし、過去を振り返るのをやめた。オフィスで不愉快な再会さえしなければ、あの一夜は楽しい思い出となっていたはずなのに。だがすべては終わった。

空港に向かう時間だ。

立ちあがろうとしたとき、携帯電話が鳴った。ジャケットのポケットから取り出した電話を見て、彼は顔をしかめた。なぜ僕のメディア関連の窓口となっている広告会社の人間が連絡してくるのか？　メディアの取材はあまり受けないようにしているし、近々そういう予定はない。

しかし電話には出た。どんな内容であれ、できる限り迅速に処理するつもりだった。

「もしもし？」ヴィンチェンツォの言葉は短かった。

相手の言葉は正反対で、じゃまをしたことを謝り、ためらいがちにこう切り出した。「シエナ・ウエストブルックという女性をご存じですよね？」

ヴィンチェンツォは固まった。

「なにをしたですって？」シエナは朝食のテーブルの向こう側に座るメーガンを愕然《がくぜん》とした顔で見た。

今日は土曜日で、メーガンは昨夜、ジャーナリストを招いた企業主催の夕食会があるとかで遅くまで帰ってこなかった。

「必要なことをしたまでよ」メーガンが反抗的な声で言った。「意地を張るのはやめましょう？　人生をだいなしにするのも」

シエナは激怒した。「自分で自分の人生をだいなしにするのはかまわないでしょう。でも、私は人生をだいなしになんかしていない！　完璧に合理的な決断をしただけで――」

「いいえ、合理的なんかじゃない」メーガンがさえぎった。「そもそも妊娠に気づいたとき、あなたは彼に話そうと考えてなかったわ」

「どんなに話さなければよかったか！」シエナは思い出してまた怒りに駆られ、友人への憤りも増した。

「でも、あなたは話した。そのときの態度が最低だったからって、彼を自由の身にしていいわけじゃないわ。だから、彼のメディア関連の窓口となっている広告会社に連絡したの」メーガンが続けた。「いい？　私はこういうことには詳しいの。広報の仕事をしていれば、どうすればいいのかわかるのよ。あのイタリア人男性の痛いところを突いたわけ！」

友人の声に満足感がこもっているのに、激怒しつつもシエナは気づいた。

「私だってとんでもないことをしたとは思ってるわ。シニョール・ジャンサンテが〝公営住宅で育つ億万長者の子供〟という見出しの記事を書かれそうだと彼の広報担当者に言うなんて。広報担当者は私の話が気に入らなかったんでしょうね。言い逃れをしてなんとかごまかそうとしていたけど、最後には怒り出したわ」

シエナは友人を見つめた。怒りはおさまり、不安へと変わっていた。「メーガン、あなたがよかれと思って行動したのはわかるわ。でもヴィンチェンツォ・ジャンサンテを挑発するなんて、虎をつつくも同じで――」

メーガンはシエナの言葉を最後まで聞かなかった。

「彼はあなたを妊娠させ、ごみみたいに捨てた男なのよ」

「だから、彼からはなにも欲しくないの」

「彼にかかわる必要はないわ」メーガンが強く反論した。「あなたは養育費を受け取ればいいの。彼は大金持ちだから、あなたが子育てしつつロンドンに住み、美術学校に通えるようにもできる。卒業までね。全部弁護士を通せば、顔を合わせずにすむでしょう」

シエナの顔がゆがんだ。ああ、神さま、どうしてメーガンはこんなまねをしたの？　私の気持ちがわからなかったの？　あの人とはかかわりたくない！私にも赤ちゃんにも近づいてほしくない！

「メーガン、私は彼の言いなりになりたくないの。彼のお金なんて欲しくないし、必要ない」

もし私がお金を受け取ったら、ヴィンチェンツォは私の目的がそれだと思うだけだ。

シエナは息を整えた。動揺するのは赤ん坊のためにもよくない。彼女は紅茶の入ったマグカップに手を伸ばした。けれど、持ちあげる前にフラットのドアベルが鳴った。

「私が出るわ」シエナは立ちあがった。彼女は服を着ていたけれど、メーガンはまだガウン姿だった。

たぶん宅配便だろう。ほかの住人が正面玄関から出ていくついでに中へ入れたに違いない。

鍵を開けてドアを開けると、そこにはヴィンチェンツォ・ジャンサンテが立っていた。

一瞬、ヴィンチェンツォはシエナが気を失うかと思った。目に見えてふらつき、ドア枠に寄りかかった彼女を支えようと本能的に手を伸ばす。しかしシエナが激しく身をよじり、後ろによろめいてくぐもった悲鳴をあげた。

廊下の奥の部屋から声がした。「シエナ、誰なの？」

誰かが廊下に出てきた。もう一人の女性は髪を乱し、ガウンを着て腰でゆるく紐《ひも》を結んでいた。

彼女がヴィンチェンツォを見て息をのんだ。

「出ていって！」

言葉を発したのはシエナだった。青ざめた顔の中で頬だけが赤く染まっている。不覚にも彼はあの夜と同じくらい、シエナから目を離せなかった。

あの夜が僕をここに、彼女の前に連れてきたのだ。

ヴィンチェンツォはシエナのうわずった声を無視した。「話せないか？　二人だけで」

「言ったでしょう、出ていって！」

彼はその声も無視し、信じられないという表情をしているガウンの女性に目を向けた。彼女の後ろには居間らしき部屋があるのがわかった。

それからシエナのほうを見た。サルディーニャ島からイギリスまで飛んできた理由である女性を。

「決着をつけたい。今すぐに」ヴィンチェンツォは言った。声が低かったのは意図的であり必然的だった。「君の代理人が僕の悪評を広めると脅してきた。脅しをやめるか、実行するか、君はどうする？」

シエナは質問に答える代わりに顔をゆがめた。「あなたに言うことはないわ！　出ていってという言葉以外は！」

ヴィンチェンツォは勢いよく息を吸い、その言葉を無視して奥の居間へ入っていった。

ガウンの女性が切羽つまった声で訴えた。「シエナ、これを最後にしましょう。彼が目の前にいるんだから。目的はわからないけど、この人は私の家を突きとめた。それならなにも約束せず、ただ彼の申し出を聞いて、それから全部を弁護士に話してきちんと書面にしてもらえばいいわ」

ヴィンチェンツォの目に暗い怒りが浮かんだ。広報担当者がシエナの名前を口にしたときから、その感情は消えることがなかった。だからここへやってきたのだ。シエナがもう一人の女性に引っぱられて部屋に入ってくるのを、彼は無表情で眺めた。

もう一人の女性が顎を上げ、両腕を組んだ。「なにを言うつもりかは知らないけど、私も立ち会わせてもらうわ。昨日、あなたの広報担当者と話したのは私よ。間違いないわ」

ヴィンチェンツォは返事をせず、視線をロンドンのオフィスで先月同じことを伝えてきた女性に向けた。シエナには妊娠が本当だと証明するか、嘘《うそ》だったと撤回してもらわなくてはならない。

彼はしばらくシエナを観察した。彼女は妊娠しているように見えるか？　いや、オフィスに来たときと変わらない。今はジーンズをはいてだぶだぶのTシャツを着ており、髪を一本の三つ編みにして化粧はしていない。頰はまだ赤く染まり、目は怒りにぎらついている。ファルコーネ・ホテルでの夜、ブルーグリーンの瞳に心を引かれたことをヴィンチェンツォはぼんやりと思い出した。

だが、彼はすぐさま頭を切り替えて眉をひそめた。なぜシエナは僕に出ていってと言ったんだ？　彼女の代理人の行動の結果、僕はここに来た。なのに、なぜ追い返そうとする？　僕の弁護士のほうが扱いやすいとでも思ったのだろうか？　もしそうなら手ごわい相手になりそうだ。

ヴィンチェンツォは本題に入った。「僕が父親だと言うなら、親子関係を証明してもらわなければならない。オフィスでそう言ったはずだ。君がなにもしなかったから、僕は僕なりの結論を出した」彼は冷ややかな声できびきびと続けた。「だが、今度は君の代理人が脅してきた。答えはどっちなんだ？」

シエナに視線を向けた。

シエナではなく、昨日電話をかけたという女性が答えた。たしかメーガン・スタンレーという名前だった、とヴィンチェンツォは思い出した。

「ミスター・ジャンサンテ」メーガンが口を開いた。「あなたは間違いなくシエナのおなかの子の父親なの。だから、彼女はあなたから養育費をもらう権利がある。真実かどうかは出生前親子鑑定で証明できるわ。あなたが検体を提供してくれればね。そうしたら、あなたがいくら払えばいいかを決めましょう」

ヴィンチェンツォはなにも言わず、レーザー光線のように鋭い視線をメーガンに向けた。すると、勇敢に彼に立ち向かっていたメーガンがひるんだ。そのとき、シエナが割りこんだ。

「今もこれからも、親子鑑定なんてしない！　養育費も請求しないわ！」

ヴィンチェンツォの視線がシエナに戻った。「そうやって拒むのは」彼はなだめるように言った。「僕の子ではないとわかっているせいだろう」

シエナの目になにかがひらめいた。ロンドンのオフィスでも同じものを見たのを、ヴィンチェンツォは覚えていた。「なぜなら、あなたは私の赤ちゃんの父親にいちばんなってほしくない人だから。誰の赤ちゃんの父親にもなってほしくないわ」そして大きく息を吸い、廊下のほうを指さした。「それがわかったから、あなたが欲しいものをあげる。お金じゃない、ここから出ていくことよ！」

シエナが歩いていって玄関のドアを開け、閉まらないよう手で押さえた。

ヴィンチェンツォは迷わなかった。居間を出て廊下を歩き、玄関のドアのそばで立ちどまると、シエナの顔をのぞきこむ。その顔には怒りとそれ以上のなにかがあった。時間を超越した一瞬、彼はシエナの目を見つめた。それからふたたび歩き出した。

気は変わらなかった。

階段を下りている間に、ドアが閉まる音がした。

シエナは壁に背をあずけた。心臓は激しく打ち、呼吸は浅く、頬はまだ紅潮していた。

メーガンが居間を飛び出してくると、シエナは彼女と向かい合った。「どうして私が彼とかかわりたくないか、わかったでしょう？」

「いいえ、わからないわ」友人が言い返した。「でも、どうしてあなたが彼とベッドへ行ったのかはよくわかった。ああ、息がとまるくらいすてきな男性だったわね！」

シエナは奥歯を噛みしめた。「まさにそのとおりよ。私はあの人を見ると息がとまりそうになるの」

メーガンが顔をしかめた。それから表情と声音を変えた。「いったいどうして彼を追い払ったの？　まさか、彼がここへ来るとは夢にも思わなかったわ。お高くとまっているだろうから、弁護士になにもかも任せるんだと思ってたのに。私がさっき言ったことは、あなたが次にやらなければならないことよ。あなたの力になってくれるいい法律事務所を知っているの。たしかに費用はかかるけど、親子鑑定がすめばじゅうぶんまかなえる――」

シエナは手を上げた。声はまだ震えていたものの、断固として言う。「メーガン、あなたが私のためを思っているのはわかるけど、もうやめて。私の人生に干渉しないで。あの人がおなかの子の父親だと思っていなくて、私は心から感謝しているの。彼にぶつけた言葉は全部本心よ。私も赤ちゃんも、この世でいちばんかかわりたくないのが彼なの。もう終わったことだわ」

彼女は朝食のテーブルに戻り、冷めた紅茶の入ったマグカップを手にした。心拍数は徐々に下がっていたが、ショックは尾を引いていた。

落ち着かないと、赤ちゃんが動揺してしまう。私の赤ちゃん――私だけの赤ちゃんが。

週末じゅう、シエナはずっとそう思っていた。ところが月曜日の朝、裁判所からの書留郵便が届いた。中の文書には親子関係に関する請求に協力すること、拒否した場合は法的措置を取ると書かれていた。

シエナはうつろな気持ちで考えた。私はヴィンチェンツォとの関係が終わったと思っていたけれど、彼はそう思っていないらしい。私との関係も、おなかの子との関係も……。

ヴィンチェンツォはロンドンのオフィスでデスクに向かい、パソコン画面を見つめていた。顔に表情はなかったが、その裏側では激しい感情が渦巻いていた。

僕はシエナが身ごもっている赤ん坊の父親だった。あの運命の一夜で宿った赤ん坊の。

画面に証拠が映し出されていても、不信感がこみあげた。そこにはほかの感情もまとわりついていた。

シエナはいったいなにがしたかったのか？　なぜここに来て、このデスクの前で妊娠していると告げたくせに、親子鑑定を受けなかった？

どうして僕に親子鑑定を頼まず、友人にあんなまねをさせた？　新聞の見出しになると脅させたんだ？　そんなまねをする必要があった理由はなんだ？　意味がわからない。

ヴィンチェンツォは唇を引き結び、眉をひそめた。あのフラットで対峙《たいじ》したとき、僕とはかかわりたくないと叫んだのも謎だ。妊娠したと伝えに来たときは、そうは言わなかった。かかわりたくなければ、そもそも僕の前には現れなかったはずだ。

ヴィンチェンツォは考えるのをやめた。どうでもいいことだ。親子鑑定はしないと言い張るシエナに我慢の限界に達して、弁護士に命じて圧力をかけさせた。すると結局、彼女は親子鑑定に応じた。鑑定に応じるか、高額な費用をかけて裁判をするかの選択肢しか与えないと、ようやくシエナは必要な血液検査を受け、彼も口の中の細胞を提供した。妊娠初期の終わりに近かったので、シエナの血液には胎児のＤＮＡがじゅうぶんに循環しており、体を傷つけずに検査ができたうえ、結果は九十九・九パーセント正確だった。疑いの余地はなかった。

ヴィンチェンツォはパソコン画面をじっと見つめた。感情はまだ落ち着いていなかった。

結果は〇パーセントだと確信していたのに。絶対にそうだと……。

だが違った。

頭の中に疑問が浮かんだ。その疑問を避けて通ることはできなかった。

それで、いったい僕はどうすればいいんだ？

4

「彼は将来について話し合うために、あなたを食事に誘いたいそうよ」メーガンの声は淡々としていたが、目はシエナのようすをうかがっていた。

「彼には関係ないわ」シエナは言い返した。「もう連絡してほしくないと言ったでしょう」

メーガンが言い返した。「いい？　彼は赤ちゃんにもあなたにも責任があるのよ。だから、養育費の問題を解決しなければならないとわかってる――」

「いいえ、彼はわかってない。メーガン、口出しはやめて。彼には私と赤ちゃんに近づいてほしくないの。最低な人だから。地獄へ行けばいいのよ」そう言ってシエナは目を閉じた。その間もメーガンは養育費について延々と話していた。

なんと言われてもヴィンチェンツォからはなにもいらない。今も、これからも。あんなに残酷な追い払われ方をしたんだから！

今はただ差し迫る将来の計画を立て、ロンドンとヴィンチェンツォからなるべく離れたまともな住まいを見つけたい。そして妊娠期間を過ごし、無事出産したい。

「シエナ、お願い……彼に会って話を聞いて」メーガンが言った。

シエナはぱっと目を開けた。いいわ、ヴィンチェンツォに会おう。面と向かって地獄へ行けと言ってやるのだ。「いつどこで会いたがってるの？」

「明日の夜、〈ラ・ロンディーヌ〉っていうすごい高級レストランでよ。私って仕事柄、そういう場所はだいたい知ってるの」メーガンの声がやわらいだ。「ホテルで会わないのは意味があるのかしら？」いたずらっぽく笑う。「あなたの魅力にまたまいって、部屋に連れこみたくなるのを心配してるのかもね。シエナ、今のあなたはとてもきれいだわ。妊娠して、より魅力が増しているのよ」

シエナは憤怒《ふんぬ》のまなざしを友人に向けた。「笑えない冗談だわ」ぶっきらぼうに言った。「何時に行けばいいの？」

「夜の八時半よ。なにを着ていくつもり？〈ラ・ロンディーヌ〉はかなりおしゃれな場所なの。あなたはまだなにを着ても似合うから、おなかが風船みたいにふくらむ前に精いっぱい着飾らないと」

シエナはその冗談もおもしろいと思わなかった。

「彼に会うのにドレスアップはしないわ。適当なものを着るつもり」彼女はそうした――ヴィンチェンツォのオフィスに行ったときに着ていたコットンのセーターとデニムスカートをわざと選んだのだ。彼は気づくかしら？　おそらく気づかないだろうけれど、彼女は満足していた。今はそのくらいのことにしか満足できなかった。あとは〝大事なお金を持って地獄へ行けばいい〟と言えればよかった。

メーガンの最後の忠告が耳に残る中、シエナはタクシーに乗ってレストランに向かった。〝彼の話を聞いても、なににも同意してはだめよ。全部、弁護士に任せるの〟

シエナは返事をしなかった。

望んでいたのはこの夜を終わらせること、二度とヴィンチェンツォに会わないことだった。

ヴィンチェンツォは予約したテーブルの革張りの長椅子に座った。メーガン・スタンレーから、シエナが向かっているというメールが届いたばかりだった。マティーニに手を伸ばした彼はさまざまな感情に襲われていたが、それらを無視した。大事なのはなにを感じているかではなく、なにをしなければならないかだ。僕の感情は今は関係ない。

しかしいくら抑えつけても感情はおとなしくならず、今にもあふれ出しそうだった。

ヴィンチェンツォはマティーニを飲みほしてグラスを置き、到着した客がいる受付エリアへまた視線をやった。

そこへシエナが現れた。

テーブルへ向かってくる彼女を、ヴィンチェンツォは見つめた。

シエナは緊張していて、場違いに見えた。

ヴィンチェンツォは目を細くした。あの服装は彼女が妊娠を伝えるために僕のオフィスに現れたときと同じだ。偶然ではないだろう。

彼の表情が険しくなった。

シエナがテーブルのそばへ来たとき、ヴィンチェンツォは立ちあがった。顔を引きつらせた彼女はヴィンチェンツォとは距離を置き、弧を描く長椅子の端に座った。

「今夜は来てくれてありがとう」ヴィンチェンツォは座りながら冷静に礼儀正しく言った。

シエナが短くうなずいただけで、ハンドバッグを自分の横に置いた。「なぜあなたがこんなことをするのかわからない――」口調ははっきりと好戦的だ。

彼はシエナをさえぎって言った。「君をばかだと思ったことはない。ここに来た理由ならわかっているはずだ」

彼女の目が光った。アイメイクをしていなくても印象は変わらず、初めて見た夜のようにヴィンチェンツォは衝撃を受けた。

だから、おまえはここにいるのだ……。

彼は無意味な心の声を追い払った。ここにいる理由はシエナと同じだった。

「私はあなたからどんな名目のお金も欲しくない。あなたは自由の身なのよ。それを受け入れてもらいたいの」

しばらくの間、ヴィンチェンツォはシエナを見つめた。なぜ彼女はそんなことを言ったのか？ なにが望みだ？ より多くの金か？

だがシエナは、僕が払いたい金額しか手に入れられない。交渉には応じない。彼女がどんなに値をつりあげたくても。

ウェイターが近づいてきてシエナの飲み物の注文を取り、二人の前に慎重にメニューを置いた。彼女がミネラルウォーターを頼むと、ウェイターは去っていった。

ヴィンチェンツォはメニューを開いた。「話は食事のあとにしよう」彼がメニューに目をやると、しばらくしてシエナも同じことをした。料理を決めたヴィンチェンツォはメニューを閉じ、ウェイターを手招きした。「決まったか？」シエナに声をかけた。

彼女が顔を上げた。「おなかはすいていないの」

ヴィンチェンツォは唇を引き結んだ。「空腹は赤ん坊によくない」

シエナの目がまた光った。感情が浮かぶたびに魅力が増す瞳を、彼は無視した。今は関係ない。

「赤ちゃんになにがいいかは私が判断するわ」

「赤ん坊は僕の子でもある」

彼女がきっとにらんだ。「いいえ、私の子よ」

ウェイターがやってくると、ヴィンチェンツォは注文を伝えた。シエナが食べようと食べまいと気にしなかった。しかし彼女は気が変わったらしく、野菜を添えた魚料理を注文した。

ウェイターが立ち去った次はソムリエがやってきた。シエナは首を横に振ったが、ヴィンチェンツォは自分のためにワインを注文した。

ソムリエもいなくなったあとで、ヴィンチェンツォはシエナを見た。無表情を保っていても、緊張しているのは自覚していた。緊張しないわけがない。

これは前例のない状況なのだ。

「それで……」口を開いた。「養育費の件だが」

「いらないわ」即座に言葉が返ってきた。

ヴィンチェンツォはその返事を無視した。「僕の弁護士が妥当な金額を計算した」そして金額を提示した。

大きく見開かれたシエナの目を見て、彼はおごそかな満足感に包まれた。そうだ、そうこなくては。彼女はどれほどの大金が手に入るかに気づいたのだ。それなら断らないだろう。

だがシエナは断った。簡潔な返答は断固としていた。「金額が三倍になってもいらないわ。私の時間を無駄にするのはやめて、そのことを理解して」

ヴィンチェンツォは歯がゆかった。「僕には責任がある。逃げるつもりはない」

「どうぞ逃げてちょうだい。私はあなたに責任を取ってもらいたくないの」彼女が顔を上げてヴィンチェンツォを見つめた。「もう私にはかまわないで、ミスター・ジャンサンテ」

「ミスター・ジャンサンテだって？」ヴィンチェンツォは信じられないという声できき返した。

シエナの目がふたたび光った。「そう呼ぶしかないでしょう？　ヴィンチェンツォと呼んだのはあの一夜だけのことなんだから」

ヴィンチェンツォの目に理解の輝きが宿った。それがシエナの敵意の原因か……僕が一夜限りの関係しか望まなかったせいで、彼女は女性としてのプライドが傷つき、侮辱されたと思っているのだ。

「僕はイタリアを拠点としている」彼は硬い声で告げた。「あの夜がどれだけすばらしかったとしても、あれ以上長くはいられなかった」話しながらも、シエナのプライドをなだめるのが目的なのはわかっていた。「一緒に過ごした時間の短さを侮辱とは受けとめないでほしい」念のためにつけ加える。

シエナの顎に力がこもり、目から感情が消えた。

「あら、そう？　じゃあ、あなたのオフィスを訪れたあの記念すべき日に、知り合った男性とすぐベッドへ行くような女扱いをされたのは、私の勘違いだというの？」声には怒りがこもっていた。

ヴィンチェンツォは音をたててマティーニグラスを置いた。「そう言ったのは、おなかの子の父親候補が複数いる可能性があると指摘したかったからだ。君の男性関係を批判したわけじゃない」

シエナが顔をゆがめた。「まあ、それはご親切にどうも！　でも、あなたは私に面と向かってふしだらな女と言ったも同然なのよ」彼女が身を乗り出した。「ミスター・ジャンサンテ、子供をつくるには二人必要なの。あなたも私と出会って数時間でベッドに行った。どんな男性がそういうまねをするの？称賛され喝采を浴びる男らしい男性がしていいことかしら？」

ヴィンチェンツォは大きく息を吸った。シエナに対する怒りの炎が燃えあがっていたが、抑えた硬い声で言った。「中傷をした覚えはない。単に、ほかにも父親候補がいるんじゃないかと尋ねただけだ」

「いなかったわ。もしいたら、あなたのところに行くわけがないでしょう」彼女が激しい口調で言った。

ヴィンチェンツォはよどみなく応えた。「僕がいちばん裕福な父親候補だったからだろう」

シエナが長椅子の背にもたれかかった。鋭い視線はまっすぐ彼に向けられていた。

「これでわかったでしょう？」その口調は冷淡で軽蔑がにじんでいた。「問題は赤ちゃんでも一夜の関係でもなく、あなたのお金なのよ！　私がそんなものを欲しがるとでも？　あなたからはなにもいらないって何度も言ってるじゃないの！　さっさとどこかに行って、私にかまわないで！」

シエナが立ちあがろうとしたとき、ちょうどウェイターが食事を運んできて料理の説明を始めた。ソムリエもやってきてワインについて語った。

彼女はまだ憤慨していたものの、体を長椅子に戻した。ヴィンチェンツォはその隙に何度か深呼吸をして落ち着きを取り戻した。目の前の女性には彼を怒らせる力があった。

しばらく二人は無言で食事をとった。だが、闘いを再開しなければならないとわかっていたヴィンチェンツォはふたたび口を開いた。「君が僕から養育費を受け取ることを望んでいなくても、子供のために信託財産は設定するつもりだ」

「あなたからはなにもいらない」シエナが料理から目を離さずに言い返した。

「子供が成人したら金が受け取れるのに？」

シエナはなにも言わず、ただ食べつづけていた。相変わらずヴィンチェンツォのほうは見ようとしない。数分、彼はシエナを見つめた。表情が暗くなり、顎に力がこもった。

「シエナ、どうか協力してくれ」声は張りつめていた。「僕は親子関係を認めた。それに伴う責任は承知している」

「その責任から解放してあげるわ」

相手の関心のなさそうな声を聞いて、ヴィンチェンツォの中でなにかが切れた。彼は突然ナイフとフォークを置いた。「君にそんな権利はない。ついさっき自分で言ったように、子供をつくるには二人必要だ。君の身ごもった子供が僕の子だとわかった今、なにをどうするか決めるのは君一人じゃない。だからはっきり言っておく。必要なら、僕は自分の権利を守るために法に訴えることも辞さない」

シエナが目を見開いてヴィンチェンツォを見つめた。「私を脅しているの？」

「警告しているんだ」彼は訂正した。怒りがこみあげるのを感じる。これは怒りのはずだ。頑固で強情なシエナは、僕がなにを言っても必ず反論してくるのだから。「こんな警告はしたくないし、法に訴えずにすめばいいとは思っている。だが誤解しないでくれ。僕は与えられた権利を放棄するつもりはない。君がなにをしても、なにを言っても、じゃまはさせない。その点を理解しておかないと、非常に不愉快な思いをするはめになるぞ」

シエナがヴィンチェンツォをにらみつけた。「もうそうなってるわ」苦々しげに言った。それからいぶかしげに顔をしかめ、理解できないという声で話し出した。「なぜそこまでこだわるの？　私と出会って一夜だけベッドをともにしたあと、あなたは二度と私に会おうとしなかった。つかの間の関係を持った女性が妊娠するなんて、いちばん望まないことでしょう！　私がオフィスに行ったときも、あなたはきっぱり父親の可能性を否定した。なのにそのあと、いやがる私に無理やり親子鑑定をさせ、養育費を払うと言って聞かない。私ははっきりあなたからはなにも欲しくないと言ったのに、どうして何度も繰り返すの？　今すぐ持ってきてくれるなら、過去、現在、未来においての責任を問わない文書にサインするわ。そうしてほしいなら自分の血でサインしてもいい」シエナは強い口調で続けた。「あなたを私と赤ちゃんの人生から追い出すためなら、どんなことだってしてみせる！」

「なぜだ？」

シエナがヴィンチェンツォを見つめた。そのひと言で続けられなくなったらしい。

「なぜなんだ？」彼はもう一度尋ねた。答えが欲しかった。

彼女の表情が変わった。「なぜって」その言葉をもう一度口にし、彼をじっと見つめながら答えた。「あなたが最低な人だから。あなたとベッドに行ったのは、私の人生で最悪の過ちだからだわ」

シエナが目を伏せ、ナイフとフォークを手に取ってまた食べはじめた。落ち着いているように見えるが、明らかにそうではない。ナイフとフォークを握る手の関節は真っ白だ。

しかし、ヴィンチェンツォも冷静ではなかった。彼女の侮辱的で不遜な態度と、こんな忌まわしい状況にいるという事実そのものに怒りを抑えきれなかった。

奥歯を噛《か》みしめつつ、硬い声で言った。「君のくだらない発言は聞かなかったことにする」軽蔑をこめて言うと食事を再開した。「君が望もうと望むまいと、僕が子供にかかわる現実を理解して受け入れてくれないか？　必要なのは僕たちの意見の一致だ。まずは家だが、少なくとも赤ん坊が生まれるまで住む場所をさがそう。赤ん坊が生まれたらどうするかは、また話し合えばいい」

シエナは返事をせず、ミネラルウォーターをひと口飲んだ。

ヴィンチェンツォは話しつづけた。少なくとも彼女は反論したり、まったく関係のない辛辣な意見を口にしたりはしなかった。「家賃や税金、光熱費などはすべて僕が負担する。また妊娠中にかかる費用として、毎月じゅうぶんな小遣いも渡す。公的な医療機関に頼らずにすむよう、個人クリニックの費用も負担する」

彼女はなにも言わず、ただグラスを置き、ナイフとフォークをふたたび手に取った。

彼は立ちあがってその場から立ち去りたい衝動に駆られたが、強固な自制心で抑えつけた。この状況から逃げるわけにはいかなかった。

この状況が生涯続くとしても。

ヴィンチェンツォはその考えを追いやった。今は考えるな。目の前の問題を解決するのが先だ。

だから続けた。「住むならホランドパークあたりがいいんじゃないかと思っている。ノッティングヒルからもそう遠くないし、友人のメーガンの家にも近い。どうだろうか?」礼儀正しく尋ねた。

シエナの返事は無関心な視線のみだった。

ヴィンチェンツォの中でまたなにかが切れた。

彼はナイフとフォークをテーブルにたたきつけるように置いた。「この状況をどうにかしようという気はないのか? 双方にとって前例のない出来事なんだから、気持ちを切り替えて協力的かつ強硬でない態度で対処してほしい」忍耐が限界に達し、辛辣な口調になった。「僕は親子関係と子供に対する責任を認め、妊婦の君が健康で安全な生活を送れるよう全力を尽くしている。そんな僕のじゃまをするのはやめてくれ」

彼女がヴィンチェンツォを見た。その目にはまたしても怒りが燃えあがっていた。「私に感謝してほしいの? あの日、私は勇気を振り絞ってあなたのオフィスに行ったのよ。本当はいやだったのに。一夜をともにしたあと、基本的な礼儀もわきまえていなかった人とはこれ以上かかわりたくなかった。でも妊娠は知らせるべきだと思ったし、あなたの子供だという事実を否定する権利は私にはないと思ったの。けれど、私が受け取ったのは侮辱と軽蔑だけだった! あのときあなたが親子鑑定をしてほしいと礼儀正しく頼んでくれていたら、私は従っていたわ。でもあなたは攻撃に転じ、私をさっさと追い出した。まるで靴の泥でも払うように。あなたがおなかの子の父親だという事実から逃げられないからって、私が協力的になれると思う? 笑わせないで!」

ヴィンチェンツォの顔がこわばった。「あのときはあのときだろう……今は目の前の状況に対処しなければ」

「対処ならしているわ。もうあなたとはかかわりたくないの。父親としての役目なんてなに一つ果たしてくれなくていい。あの朝あなたが振り向きもせずに部屋を出ていったように、私のことは放っておいて。妊娠も育児も私に任せてちょうだい」

「子供は僕のものでもある。その事実を無視しないでほしい」ヴィンチェンツォは硬い声で告げた。

「子供に関しては最善を尽くすわ。必ず」そう言って、シエナがグラスの残りを飲みほした。そしてナプキンを皿の横に置いて立ちあがった。「少なくとも、これで私たちの関係ははっきりしたわ。あなたはイタリアへ戻り、私は自分の面倒を見る。あなたが好きな書類にサインして責任から自由になれば、それで全部終わりになる」ショルダーバッグを肩にかけて歩き出した。

ヴィンチェンツォは口を開いた。どこからそんな言葉が出てきたのかはわからなかった。「方法はもう一つある」自分の声が言うのが聞こえた。「君と僕が結婚することだ」

シエナは足をとめ、信じられないという顔でヴィンチェンツォを見た。「私たちは一夜をともにしただけなのよ。それで結婚するべきと言ってるの？」

「この状況に対処する方法の一つではある。もちろん、婚前契約書にはサインしてもらうが、君は僕の金には興味がないのだから、問題はないだろう」皮肉が露骨に表れたその声は本当に耳ざわりだった。

彼女はかっとなった。「結婚なんて正気の沙汰じゃないわ！」

「それなら僕の別の申し出を受け入れるんだな」ヴィンチェンツォの声は冷酷で、視線は冷たかった。

シエナはふたたび席にどさりと腰を下ろし、空っぽの皿の両脇に手をついて身を乗り出した。「もう一回だけ言うわ」ゆっくりと一語一語を発音した。「そもそもあなたとはかかわるべきじゃなかった！私は、あの夜を、心から後悔しているの！」

ヴィンチェンツォが険しい顔でシエナを見た。

「僕が後悔していないと思っているのか？　だが起こったことを言っても始まらない。僕たちは結果に向き合わなければならない。君は僕の子を身ごもった。その事実をなかったことにはできないんだ」

シエナはもはや一分も耐えられなかった。こんなひどい会話はもう続けられない。彼女は立ちあがろうとした。終わりにするのよ。ヴィンチェンツォ・ジャンサンテとは金輪際会いたくない。

シエナは顔をゆがめ、こちらを無言で見つめるヴィンチェンツォに言った。「あなたなんか地獄に行けばいいんだわ、今すぐ！」

そして店を出ていった。気を失う前に。

5

「それで」メーガンがきいた。「これからどうするの？　彼は本当に結婚しようと言ったの？」

シエナは内心ため息をついた。メーガンはヴィンチェンツォの行動に感動しているらしい。「プロポーズは見え透いた演技よ、メーガン。結婚すれば、彼は私を支配できる。承諾してもらえると思うほうがどうかしてるわ」

メーガンが短く笑った。「プロポーズした相手をどなりつけるなんて信じられない。あれだけのお金持ちですごくハンサムな男性なのに」

「そうね」シエナは苦々しく同意した。

「せめて彼が用意する住まいには引っ越すの？　詳

細が送られてきたけど、すごくすてきなところよ」

「いいえ、まさか」シエナは否定した。

「どうして？　週末に引っ越せばいいじゃない？」

「メーガン、やめて」シエナの声は険しかった。

「それは最終手段よ。私はフランが戻ってくるまでに部屋を借りて、引っ越しの準備をするつもり」それまではここに滞在し、メーガンが勤める広告会社で臨時の事務員を続けてお金を稼ごう。

ところが金曜日の夕方、仕事から戻ったとき、部屋からベッドは消え、家具と床はすべてシーツでおおわれ、たんすらしきものの上にペンキの缶が置かれていた。

メーガンが悪びれもせず、堂々とした口調で言った。「この部屋の壁をぬり替えることにしたの。だからヴィンチェンツォがあなたのために用意してくれた部屋に引っ越してくれる？　彼から鍵を預かってるのよ。あそこには家具もそろってるから、ミルクとか紅茶とかだけ持っていけばいい。あなたのために荷造りもしておいたわ」

シエナは呆然《ぼうぜん》と友人を見つめた。

メーガンが励ますようにシエナの腕を軽くたたいた。「そのほうが理にかなってるわ、シエナ。引っ越してから、じっくり考えればいいのよ。どうかそこで暮らして美術学校へ進むことにしてちょうだい。夢をあきらめるあなたは見たくない」

シエナは顔をしかめた。友人が自分の役に立とうとしているのはわかっていた。

今はどんなに悔しくても、メーガンの言うとおりにするしかない。今夜寝るベッドもないんだから！

しぶしぶ彼女は友人に従った。

つまりこれで、私はヴィンチェンツォにも従ったことになるのだ。

シエナの表情が暗くなった。彼の用意した部屋で暮らすのは、これから先どうするか決めるまでの話だ。決めたら出ていこう。

そして二度とヴィンチェンツォとは会わない。

あの日、彼は私をきっぱりと追い払ったのだから。

熱い一夜をともにした翌朝のヴィンチェンツォがどれほど冷たく去っていったかを思い出して、シエナの表情はますます暗くなった。

あのときの彼は私とかかわりたがっていなかった。赤ちゃんがいなければ、今でもかかわりたくないはずだ。それが残酷だけれど真実に違いない……。


メーガンからのメールを読んで、ヴィンチェンツォは苦笑した。〈彼女は引っ越したわ。でも機嫌が悪そうだから、一日だけ時間をあげて〉

メーガンのアドバイスに従い、彼は日曜日まで待ってからシエナのいる部屋へ向かった。タクシーから降りたつと、あたりを見まわした。ホランドパーク通りの公園側のほうは閑静な高級住宅街だった。用意した部屋があるアパートメントは二十世紀に建てられたもので、周囲の十九世紀の漆喰《しっくい》ぬりの家々に比べるとこぢんまりしていたが、手入れは行き届いており、公園の入口にも近かった。かなりの出費ではあったものの、この忌まわしい状況が将来もたらす出費を考えれば微々たる金額だった。

その出費は生涯続く。一生かかっても逃れられない、なにがなんでも引き受けなければならない責任があるのだから。それゆえに、今はシエナに理性を取り戻させなくては。

ようやく計画が軌道に乗り、シエナが僕の用意した部屋へ引っ越してきた。ここからは慎重に動かなければならない。彼女がどんなに頑固でも、将来に向けて有益な取り決めをするのだ。

ヴィンチェンツォは顔をしかめた。なぜシエナは僕が払うと言った金に飛びつかなかったのだろう？ 結婚の申し出にも。わけがわからない。どうして彼女はいやがり、拒絶したのか？

まあ、シエナがどんな演技をしていても、対処するだけだ。そうするしかない。これは彼女のためでも僕のためでもない。あと半年で生まれてくる赤ん坊のためなのだ。そのことだけを考えろ。

ヴィンチェンツォは不動産業者からもらった鍵でアパートメントの正面玄関を開けて中へ入り、エレベーターを無視して三階まで軽やかに階段を駆けあがった。そしてあれこれ考える前に、鍵を使って部屋へ足を踏み入れた。

廊下からは居間が見え、そこからテレビの音が聞こえてきた。彼はそちらへ向かった。

居間ではシエナがソファでくつろいでいた。サイドテーブルには紅茶と本が置かれている。

現れたヴィンチェンツォを見て、彼女が姿勢を正した。その顔には驚きと困惑が浮かんでいた。

ヴィンチェンツォは二つの感情に襲われた。一つはシエナが抵抗した末にここに引っ越したと知ったときと同じ陰鬱な満足感だった。しかし、もう一つはまったく違うなにかだった。

そのなにかはヴィンチェンツォの胸を貫いていた。

裏庭から差しこむ日差しが、シエナの髪を美しいマホガニー色に輝かせている。彼女は水色のコットンのパンツに黄色のトップスという格好で、化粧もしていないにもかかわらず、ヴィンチェンツォは胸が高鳴るのを抑えられなかった。あの運命のいたずらのような夜、初めてシエナを見た瞬間もそうだった。彼女を見たとたん求めずにいられなかった。

彼は自分の反応を無視した。そんなことをしたせいで僕は苦境に追いやられているのだ。

「こんにちは《ボンジョルノ》」礼儀正しく挨拶した。

シエナがテレビのリモコンを取り、音を消した。見ていたのは白黒の古いハリウッド映画だった。

「ここでなにをしているの？　なぜ勝手に入ってき

たの?」

「君が落ち着いたかどうか見に来たんだ」ヴィンチェンツォは部屋を見まわした。「この場所が気に入ったかい?」彼は尋ねた。

シエナがにらんだ。「いいえ。ここを選んだのは私じゃない。あなたがメーガンと決めたんでしょう」

ヴィンチェンツォは返事をしなかった。「コーヒーをもらえるかな?」

「私は妊婦なのよ。カフェインや刺激物をとってはだめなの」彼女がぴしゃりと断った。

彼はキッチンへ行き、次の訪問までにコーヒーメーカーを配達してもらおうと決めた。紅茶を飲もうとしたが、あったのはカフェイン抜きのものだった。紅茶をいれ、ティーカップを持って居間に戻ると、シエナはまだソファにいて緊張した顔をしていた。

ヴィンチェンツォは肘掛け椅子に腰を下ろし、脚を組んで紅茶を飲みはじめた。「君の友人のメーガンから聞いたんだが、君はロンドンに住んでまだ日が浅いそうだな」どんなに挑発されようとも、自分は礼儀正しく接するつもりだった。そうする以外なかった。「僕たちが初めて会ったとき、君はどんな仕事をしているのか口にしなかった」

すると、シエナが二種類の反応を同時に示した。運命の夜に触れられて頬はほのかに紅潮したが、まるでその話題を拒むかのように顔はこわばった。「メーガンが勤めている広告会社で、簡単な事務仕事をしているわ」

ヴィンチェンツォは、彼女がしぶしぶ答えたのに気づいた。「仕事は続けるつもりか?」

「わからないわ。今後どうすればいいのかも。子供を産む以外は」

彼はしばらくシエナを見つめた。期待していた展開になっていた。僕にはかかわりたくないと激しく拒絶しながらも、実際には僕に養われたいと彼女は期待しているのだ。

ヴィンチェンツォはなにも言わず、ただ冷静に味気ない紅茶を飲みつづけた。視線をシエナからそらさずにいると、ここへ来た目的を忘れそうになった。

本当に美しい女性だ。

視線をシエナのウエストにそそいでも、なにもわからなかった。だが彼女の体の中では、僕の子供が育っている。

こみあげてきたものの正体がわからず、彼はそれをやり過ごした。対処すべき問題はほかにもあった。

紅茶を飲みほしたとき、シエナがリモコンに手を伸ばし、テレビを消した。

ヴィンチェンツォは立ちあがって言った。「イギリスにしては暖かい午後だから、公園を散歩しないか？」ソファに行き、シエナの空になったティーカップを取り、自分のと合わせてキッチンに持っていった。それから居間に戻ったが、彼女はじっと座ったままだった。

シエナが鋭いまなざしでヴィンチェンツォを見あげた。「私が落ち着いたのを見たんだから、もう帰ったら？」

彼は同じくらい鋭い目を向けた。「まだ話し合うことがあるだろう」

彼女が顔をこわばらせた。「いいえ、ないわ」

ヴィンチェンツォは我慢できずにため息をついた。「時間稼ぎをしても無駄だぞ。決めるべき現実的な事柄があるんだから」

シエナが力強く首を振った。「いいえ、そんなものはない。ここにいるのは次の引っ越し先が決まるまでで、そのときあなたも私との縁が切れるのよ」

「だが」彼は視線よりも鋭く言い放った。「赤ん坊との縁は切れない」

目に怒りといらだちを浮かべ、シエナがまた口を開いた。前と似た言葉を繰り返すつもりなのだろう――僕にかかわりたくないとか、イタリアへ帰ればいいとかと。だが、そんな展開はありえない。彼女も早く受け入れたほうがいい。

ヴィンチェンツォは手を上げた。「散歩しながら話そう」ドアを手で示す。「行こうか」

明らかにいやいや立ちあがり、シエナがソファ前のラグに置いてあったキャンバスシューズをはいた。彼がサイドボードの上のバッグを差し出すと、ひったくるように取る。ヴィンチェンツォは玄関へ行き、彼女のためにドアを開けた。シエナが頭を高くしてドアを通り、階段へ向かうと、鍵をかけてあとを追いかけた。

知っている世界じゅうの女性たちの中で、それに過去に関係を持った女性たちの中で、僕が妊娠させたのがこの辛辣で、頑固で、最高に非協力的で、感謝の言葉一つ口にしない女性だとは。

これ以上悪い選択はできないだろう。

だが妊娠は僕たちが選んだことじゃない。予期せぬ出来事だった。それならどうにかして前へ進む道を見つけなければ。

それだけを考えろ。

ホランドパークに着いたシエナは内心動揺していた。ヴィンチェンツォが訪ねてくるなんて、予想外のまったくうれしくない驚きだった。なぜ彼は来たの？　イタリアにいればいいのに。何度も言ったように、私とは縁を切ればいい。私がかかわりたがらないことを喜ぶべきなのよ！

ヴィンチェンツォは私を、男性と簡単にベッドをともにするふしだらな女だと思っていた。しかも妊娠したあとは、彼に養ってもらおうとする金めあての女だと決めつけた。

おあいにくさま、私はそのどちらでもないわ。シエナは速度を合わせて隣を歩いている男性に敵意のこもったまなざしを向けた。本当にいやな人！

オフィスから追い出されたあの忌まわしい午後と同じ怒りがこみあげてくるのを、シエナは待った。怒りの糧ならじゅうぶんすぎるほどあった。しかし、彼女の気力は衰えていた。それに、疲れていて鬱々としていた。

すべてが間違っている気がした。なにもかもがありえない。私は妊娠するべきではなかったし、子供の父親である男性が用意した部屋に無理やり引っ越しさせられたくもなかった。

どれを取っても、私が望んだことじゃない！

そう思いながらも、シエナは罪悪感を覚えて心がますます暗くなっていた。新しい命の誕生は尊いものだから、不機嫌になったり恨んだりするのはよくない。不運でかわいそうな赤ん坊にはなんの罪もないのだ。妊娠していなければよかったと後悔して、新しい命の芽生えをだいなしにはできない。

それでも、シエナは泣きたくてたまらなかった。

こんなはずじゃなかったのに！

赤ちゃんは喜びと幸せの中で生まれ、歓迎され、喜ばれ、祝福をもたらすと同時に自身も限りなく祝福されるべきだ。愛情をそそがれ、幸福で健康な子供に成長しなくては……。

しかし、内なる叫び声がふたたび響いた。

こんなはずじゃなかったのに！

恐ろしいことにその声はシエナの全身に響きわたり、心臓を、肺を、喉を万力のような力で締めつけた。過去がよみがえってきてひどくつらかった。

「どうした？」

ヴィンチェンツォの声に、彼女は我に返った。二人は相変わらず公園の小道を歩いていた。

シエナが答えずにいると、またきかれた。「どうしたんだ？」

彼女は首を横に振った。「なんでもないわ」

ヴィンチェンツォと話したいとも、一緒に歩きたいとも、そばにいたいとも思わなかった。長い間待ち望んでいた夢にようやく向かっていたのに、私の人生は脱線してしまった。またしても。

腕を取られて、シエナは歩みをとめた。ヴィンチェンツォが彼女の前に立ちはだかった。その顔は引きつっていた。

「なんでもないわけがない」彼が言った。「君も僕も望みもしなかった状況にいるんだぞ」

「そうかしら？　私がラッキーと思ってるとあなたは考えてるんでしょう？　欲の深い私があなたの財産を狙ってるって」

ヴィンチェンツォが眉をひそめ、彼女の腕から手を離した。

シエナは硬い表情で続けた。「あなたの経済的支援は必要ないし、欲しいとも思わない」

「では、どうやって生活していくんだ？　生活保護を受けて、公営住宅で暮らすのか？　君の友人のメーガンは僕にそうなると言った」

「彼女は勝手にあなたに連絡したの」シエナは即座に言い返した。「私は彼女に干渉してほしくなかったし、あなたにも二度と会いたくなかった！　私にも生きていけるくらいのお金はあるの。知りたいなら言うけど、相続した財産を銀行に預けてあるから。ロンドンよりずっと物価の安いところに住めば、赤ちゃんだって育てられるわ。あなたのお金は一ペニーだって欲しくないのよ」

神さま、何度この言葉を繰り返せば、彼は理解してくれるのでしょう？

ところが、ヴィンチェンツォは新たな話題を持ち出してきた。「そのことはひとまず置いておくとして、僕たちには金銭面以外にも問題がある。僕は逃げないと言っただろう。それは経済的な責任からだけじゃない」

シエナはふたたび歩きはじめた。公園の景色はすばらしかったが、感銘を受ける余裕はなかった。

ヴィンチェンツォがまた隣に来た。「僕たちは将来を考えないわけにはいかない」声からは必死に自分を抑えているのがわかった。「出産と赤ん坊の世話の先にあることも」

彼女はもの思いに沈んだ。妊娠にさえ対処できないのに、その先のことなど想像もできなかった。想像もできない未来については考えようもなかった。

憂鬱な気分が重くのしかかってきた。周囲では家族連れや恋人たち、ほかにも老若男女が楽しそうにしていた。彼らにも彼らなりの問題はあるのかもしれない。けれど、シエナは自分の問題で手いっぱいだった。さらに元気がなくなり、歩みが遅くなった。

ヴィンチェンツォが彼女をちらりと見て言った。「カフェに行こう。君は休んだほうがいい」

小さな噴水が眺められる屋外のカフェへ行くと、シエナは喜んで椅子に腰を下ろした。最近は疲れやすく、気分も変わりやすかった。興奮しすぎてはいけないのはわかっていたけれど、状況を思うとどうしようもなかった。

ヴィンチェンツォが二人分のコーヒーを買ってきた。彼女はなにも考えずにカフェイン抜きの飲み物に口をつけた。小さなテーブルで向かい合っているので、すぐそばに彼のたくましい体があり、誘惑に屈したあの夜の記憶がよみがえった。

私は喜んで身を任せた！　だから今……。

「いつもカフェイン抜きを飲まなければならないのか？」ヴィンチェンツォが顔をしかめて尋ねた。

「妊娠中はそうするよう勧められるの。お酒やたばこと同じよ」

「そんなに悪いことなのか？」彼が自分のコーヒーをかきまぜながらさらに尋ねた。「昔の妊婦はカフェインを含んだ紅茶やコーヒーを飲んでいたが、害があったと聞いたことはない。最近は制限が厳しいんだな。アルコールをいっさい禁じたり……」

シエナは肩をすくめた。言い争いはしたくなかった。禁じているのは私ではないのに、なぜ異議を唱えられなければならないの？「赤ちゃんに危険が及ぶ行為はしないものなの。でも――」中には普通に生活していれば関係ないリスクもある。

いいえ、そんなことを考えてはいけない。動揺してしまうから。考えても気分が沈むだけだ。ヴィンチェンツォに感謝するべきなのはわかっているけれど、過去の記憶はどうしても追い払えなかった。順調な妊娠を恨んでいる自分に罪悪感もあった――。

ヴィンチェンツォが話を続けていて、シエナはまた我に返った。彼は慎重に言葉を選んでいるようだ。

「ストレスもよくない。感情的になるのも」

シエナはふたたびかっとなった。「なにが言いたいの？」

ヴィンチェンツォが彼女を見た。「怒り、敵意、憤り――これらはすべて否定的な感情で、君にも赤ん坊にもよくない」

「私を責めてるの？」シエナは激昂《げっこう》した。「お説教はやめて！」

彼が手を上げた。「君は僕に怒りを抱いていないというのか？　今もその感情にしか支配されていないじゃないか」

シエナの目がまさに非難された怒りに輝いた。「ほかにどうしようがあるというの？」彼女は冷たく言い放った。「あのオフィスで、あんなひどい仕打ちを受けて！」

あきれたような表情がヴィンチェンツォの顔に浮かんだ。「君はなにを期待していたんだ？　僕に会いたいと言って突然現れ、あんな爆弾発言をして。僕が喜んで君を抱きよせ、永遠の愛を誓うとでも思っていたのか？」

「期待していたのは礼儀正しい態度よ」コーヒーカップを握りしめ、シエナはきっぱりと言った。

ヴィンチェンツォがうなり声をあげた。「僕は合理的な対処をした。親子関係が証明されていなかった以上、あの時点でいくら話しても意味はなかった。だがそれが証明された今、前に進まなければならないんだ」

彼の視線がシエナにそそがれた。

「前に僕が言ったことをよく考えてみたか？　この状況を解決する選択肢の一つ——結婚について」

シエナはヴィンチェンツォを見つめた。「冗談だとしたらおもしろくないわ。真剣な提案だとしたら、あなたは正気を失ってる」

彼の顔がこわばった。シエナの答えが気に入らなかったのだろう。理由は明らかだった。相手は自分に夢中だから、とてつもなく費用をかけた贅沢《ぜいたく》な結婚式をあげたがると想像していたのだろう。

「現実的なメリットが——」

「いいえ」シエナはさえぎった。この会話を今すぐやめてほしかった。

ヴィンチェンツォの黒い目が怒りにぎらつき、手が上がった。「僕の話を最後まで聞いてくれ！　結婚すれば二人の関係は正式なものになるうえ、君も赤ん坊も安心できる——」

「私はノーと言ったのよ。あなたが結婚したいのは、私と赤ちゃんを支配するためでしょう。だったら、心にもないことなんて言わないで！」

一瞬、彼が浮かべた表情に、シエナは息をのんだ。けれど引きさがるつもりはなかった。怒りは沸騰し、激しい恨みや憎しみとからみ合っていた。

「私の赤ちゃんについてとやかく言う権利があるとあなたが思ってるだけでも悪いのに、結婚という罠《わな》に私がかかることを期待するなんて。これだけははっきりさせておくわ。あなたとは絶対に結婚しない！　今後、私が自分からあなたとかかわることもない。この子のせいで、あなたと手錠か鎖でつながれているみたいな気がするの。それがいやでたまらない」

動揺しつつ、シエナは言葉を切った。心臓が激しく打つ中、真っ青な顔で飲みかけのコーヒーを脇に押しやる。彼女は立ちあがってヴィンチェンツォを見た。

「あなたが私を妊娠させたことに耐えられないの」

そして立ち去った。どこを歩いているのかもよくわからず、心は絶望一色に染まっていた。

頭の中も同じだった。

すべてがめちゃくちゃだ。

そこには一片の希望もなかった。

6

ヴィンチェンツォはミラノのオフィスでデスクに向かっていた。仕事をしているはずだったが、実際はもの思いに沈んでいた。表情は暗く、両手は特注の革張りの椅子の肘掛けに置かれ、目は途方もなく高価な内装が施された広く美しい部屋の一点に向けられている。クロムとガラスの低いコーヒーテーブルの両側には現代的なグレーの革張りのソファがあり、床から天井まである窓からは街のビル群が一望できた。

頭の中にはシエナと会った二日前の記憶が渦巻いていた。あれは愚かで実りのない時間だった。なにを達成できたかというと、なにもできなかった。自分たちの置かれた状況にさらに気が滅入《めい》っただけだった。どちらも望んでいない状況に。

ヴィンチェンツォは唇を引き結んだ。

手錠か鎖でつながれている——シエナはそう言った。それは間違いのない真実だ。赤ん坊の存在は二人をまさに鎖か手錠でがんじがらめにしている。なにをしてもその事実は変わらない。

ヴィンチェンツォは両手で革の肘掛けを強くつかんだ。僕は努力した。課せられた責任を取ろうと、将来のために必要な計画を立てようとした。ほかにできることはなかった。だが、シエナは僕のその努力を完全に拒絶した。どうすればうまくいく？　なにをすれば彼女は敵意を捨てるのだろう？　どうにかしなければ……。

彼は決意を固めた。面と向かっても言ったように、シエナは怒りに支配されている。その感情をやわらげなければならないなら、必要なことはなんでもしよう。

ヴィンチェンツォは手を伸ばしてデスクの上の電話から受話器を取り、ドアをへだてた別の部屋にいる秘書に命じた。今週の予定をすべてキャンセルし、明朝のロンドン行きの便を予約するようにと。

彼はイギリスへ戻るつもりでいた。シエナにどう思われようと、もう一度彼女に会う気だった。

それは自分のためでもシエナのためでもなく、二人よりもはるかに重要なたった一人のためだった。その一人には互いの怒りと恨みをぶつけ合う無責任な大人たち以上の価値があった。

シエナが身ごもっている赤ん坊には。

この悲惨な混乱の中で唯一、貴重な存在だから。

シエナは寝室の床に座り、暗い気持ちで自分の描いた複数の作品を眺めた。ほんの数カ月前まで彼女の未来は明るく可能性に満ちていた。けれど今はすっかり閉ざされていた。前にも一度人生をあきらめたのに、また同じことをしている。新学期を楽しみにする代わりに、彼女は赤ん坊と暮らせる手ごろな賃貸物件をインターネットでさがしていた。

ため息をついて作品をおさめた紙挟みを押しやり、壁にもたれて脚を伸ばすと、両手をおなかにやった。すでに体には変化が現れていた。服の上からだとほとんどわからないが、丸みができている。おなかの中では一日一日、小さな体が形づくられているのだ。とてもか弱くて傷つきやすい体が……。

その命は完全に私に依存している。

強烈な保護欲がわきあがってきて、シエナはおなかの中の小さな魂を守るように指を広げた。

かわいそうな子……あなたのせいではないのに苦しむはめになるなんて。つかの間の快楽しか考えていなかった、無責任で身勝手な二人の間に生まれてきたせいで。

部屋の奥を見る目は焦点が合っていなかった。シエナは自責の念に駆られていた。心から妊娠しなければよかったと思っているけれど、現実は受けとめていた。自分の中に宿る無垢《むく》な命を守るために、なんでもする覚悟だった。

あなたを守るわ、私の赤ちゃん。この状況もよくしてみせる。人生はめちゃくちゃになってしまったけれど、最善を尽くそう。少なくとも努力はしなければ。この子のために。

それがヴィンチェンツォに怒らず、動揺せず、感情的にならないことなら、そうしよう。

今、大切なのはただ一人だから。大事なのは私でも、ヴィンチェンツォでもない。

シエナはふたたび両手でおなかをかかえた。

あなたよ、かわいい子。あなただけ……。

ヴィンチェンツォは携帯電話のメールを打つ手を

とめた。レストランでも公園でも、シエナは僕から立ち去った。その出来事は忘れて、彼女の敵意をやわらげなければならない。計画は成功するだろうか？　まあ、すぐに結果はわかるだろう。

彼はメールを読み直してから〝送信〟を押した。

〈ロンドンに戻った。もう一度会いたい。話したいことがある〉

返信は短かった。

〈なにを話したいの？〉

ヴィンチェンツォも返信した。

〈直接会ってからにする。今夜はどうかな？　八時に迎えに行く〉

今度は返信が遅かった。

〈家賃を払ってるのはあなただから、私には拒めないわ〉

ヴィンチェンツォは唇を引き結んだ。約束した時間に彼女は部屋にいるのだろうか？


午後七時五十七分、シエナはいらいらしながら歩きまわっていた。ヴィンチェンツォには会いたくなかったけれど、会わなければならないのはわかっていた。

彼が存在していないふりはできない。そういうふりをしたくても無理だ。あの人が話したいことを私は聞かなくては。

ヴィンチェンツォはいくらでも冷酷になれる男性だ。一夜をともにした翌朝、彼は私と一緒に朝食をとりもしなかった。妊娠を告げたときは親子鑑定をしろと言い、私をオフィスから追い出した。その後、私が親子鑑定を拒否すると法の力を使って脅した。それにこの部屋を借り、メーガンを操って私を引っ越しさせた。

まったく非情きわまりない男性だ。

急にワインをグラスに注《つ》いで飲みほしたくなった。

こんなとき、アルコールなしで過ごすのはむずかしかった。紅茶をいれようかと思ったけれど、飲んでいる暇はなかった。彼は時間に正確だから。

そのとおりだった。玄関のドアが開く音がして、シエナは振り向いた。

ヴィンチェンツォが現れた。

彼女は全身が緊張するのを感じた。彼を見るたびにそうなってしまう。

どうりで夢中でベッドへ行ったわけだ……。

いいえ、そんなことを考えたり思い出したりしてもしかたない。〝そんなこと〟の結果、私はヴィンチェンツォの子供を妊娠し、一カ月どころか一週間分の家賃も払えないほど贅沢《ぜいたく》な部屋で神経をとがらせているのだ。

ヴィンチェンツォは淡いグレーのビジネススーツ姿だった。すらりとした長身にイタリア製のスーツがよく似合っている。シャツは白で、ネクタイは淡いグレー、髪は短くカットしてあった。すべての女性が息をのまずにいられない、すてきな男性だった。

シエナも息をのみたかったけれど、その衝動を抑えこんだ。ヴィンチェンツォは私と話をしに来たのだ。それなら気を引きしめなくては。

なにを言われようと冷静に受けとめよう。自分のことではなく、赤ちゃんのことを考えるのよ。

シエナはそう決心していた。隣には今はもう通えない美術学校への入学を勝ち取った、自分の作品をおさめた紙挟みがあった。ヴィンチェンツォに否定的な感情を抱くのは、赤ん坊にとっても彼女にとってもいいことではなかった。ほかならぬ彼がそう言っていた。腹立たしいけれど、その言葉は正しい。

冷静でいるのよ。なにを言われても感情的になってはだめ。

ヴィンチェンツォの瞳は黒く、まつげは長かった。なにを考えているかは読めない。

「調子はどうだ？」声は冷ややかで、イタリア語のアクセントがまじっていた。

「赤ちゃんは」シエナはきっぱりと答えた。「元気よ」

答えの内容と強い口調に、彼は不愉快になったようだ。「君は？」さらに質問した。

彼女は片方の肩をすくめた。「元気よ。とても健康的な妊婦みたい」ひと息ついたのは早く本題に入りたかったのと、感情を爆発させず、ヴィンチェンツォのように冷静沈着でありたかったからだ。「話したいことがあるってメールに書いてあったわね」

声が緊張しているのが、自分でもわかった。ヴィンチェンツォもそれを感じ取ったらしい。彼の頭が軽く左右に揺れた。「ああ。だが今すぐ話すのはやめておくよ」それから態度と口調が変わった。「食事はすませたかい？」

シエナは首を振った。彼のために私は夕食を用意するべきだったの？

「それなら、ホランドパーク・アヴェニューの近くにいいレストランがある」

「いいわね」彼女はつい油断して応じた。家よりは外で食べるほうがいい。それにヴィンチェンツォがなにを話すつもりだとしても、人がいるところのほうがいいかもしれない。「私、着替えたほうがいいわね」

シエナはコットンの膝丈パンツに長袖のTシャツという格好だった。高級レストランにふさわしい服装ではない。それから前はわざと着飾らなかったことを思い出した。でも、あれは理由があっての行動だ。今回は必要ない。

「二分で支度するわ」彼女は言った。

その言葉どおり、二分でおしゃれな濃紺のパンツとゆったりした青いストライプのシャツに着替えた。化粧はせず、髪はバレッタでまとめた。それから鏡を見てリップグロスをぬった。

あの運命の夜、ファルコーネ・ホテルでのパーティのためにメーガンは私を着飾らせた。体にぴったりしたドレスを着せ、自分の目には濃いと思える化粧をし、髪は下ろさせ、脚が長く見えると説得されてとてつもなくヒールの高いパンプスを渡した。

その姿は別人だった。メイクで強調された目とまつげも、緋《ひ》色の唇も、奔放な髪も、セクシーなドレスも、男性を誘惑するためにあった。

だから、ヴィンチェンツォは私の目的が誘惑だと思ったのだ……。

シエナは唾をのみこんだ。本当にそうだったの？ 否定はできない。目を閉じて、あの夜の自分の姿を脳裏から追い出した。それから目を開けた。

今の自分は男性を誘惑する女性に見えなかった。よかった。

シエナは腕を通さずにカーディガンを羽織り、ヒールのないパンプスをはいて寝室を出た。ヴィンチェンツォの話がなんなのかはわからないけれど、心の準備はしておかなくては。彼女は緊張していた。

ヴィンチェンツォは居間の窓から外を眺めていた。厳しい表情をしていたが、シエナが入っていくと振り返った。なにを考えていたのか、彼女にはわからなかった。

なにも言わずにうなずいてヴィンチェンツォが部屋を横切り、シエナのためにドアを開けた。彼女は玄関へ行って、ドアの横のテーブルに置いてあったハンドバッグを取った。階下へ下りるときも、舗道に出るときも、二人はなにも話さなかった。日は暮れていて少し肌寒い。カーディガンを羽織ってきてよかった、とシエナは思った。

ホランドパーク・アヴェニューに向かう途中も、二人は無言だった。

ヴィンチェンツォが言っていたレストランは交通

量の多い通りの反対側にあり、週の初めのこの時間は満席ではなかった。シエナは案内されたテーブルにつき、メニューを見て飲み物を注文した。

ヴィンチェンツォはメニューに目をやっただけで、開こうとはしなかった。その代わり、シエナを横目で見た。彼の表情がますます読めず、シエナは急に不安になった。どんな話があってロンドンへ来たのかはわからないけれど、いいことではなさそうだ。

彼女が身構えていると、ヴィンチェンツォが謎めいた視線をこちらにそそいで言った。

「君に謝らなければならない」

ヴィンチェンツォは、シエナが目を見開いたのに気づいた。なにを予想していたかは知らないが、謝罪ではなかったのだろう。無理もない。自分でも意外な行動なのは承知している。

「君に謝らなければならない」シエナを見つめ、ヴィンチェンツォはもう一度言った。「少し前からそう思っていた」

まるでシエナが〝なにに謝っているの？〟ときくのを待つように、ヴィンチェンツォは言葉を切った。しかし、彼女はまだ驚いたままだった。

「君には悪いことをした。だから謝りたい」

彼は息を吸って続けた。そうしなければ言葉が出てこなかった。

「君が伝えに来てくれた知らせに対する僕の態度はひどかった。言い訳のしようもない。心からお詫《わ》びする」

二人の間に完全な沈黙が訪れた。

シエナがゆっくりと言った。「それを言うためにロンドンまで来たの？」

「そうだ」ヴィンチェンツォは答えた。

シエナが眉間にしわを寄せた。「どうして？」

「さっきも言ったが、前から謝罪しようと思っていたからだ」

しかめっ面は消えなかった。「なぜ今なの？」

ヴィンチェンツォは右手の人さし指でナイフの背をなぞった。質問の答えを最初はイタリア語で次に英語でさがしたが、なかなか思いつかなかった。しかし、結局は手さぐりで言葉を口にした。「なぜなら……」声と顎と喉の緊張を意識しながら、一語一語伝えた。「なぜなら、あのときの態度が二人の仲をおかしくしてしまったからだ」それからやはり緊張した硬い口調で言わなければならないこと、望んでいる未来のために必要なことを言った。その未来こそ、二人が結ばれる正当な理由になるからだ。「謝罪をしなければ、今の状況で僕たち二人が納得のいく関係を築けないと考えたんだ」

シエナの目が光った。「本気なの？　あの謝罪で？」

その口調ににじむ感情に気づかないのは、耳が遠い者だけだろう。たった一つの答えしか許されないのがわからないのは、本物の愚か者だけだろう。

僕がどう思っているかは関係ない。大事なのは、謝罪が達成しなければならない目標への唯一の手段だという事実だけだ。

「そうだ」ヴィンチェンツォは答えた。「僕の謝罪を受け入れてくれるか？」

シエナの表情は読めなかった。それから彼女が口を開いた。「ええ」

〝ええ〟と言う自分の声を聞いても、シエナは現実とは思えなかった。私は本当にそう言ったの？　たしかに言った。なぜかもわかっている。ヴィンチェンツォが私に謝ったのも同じ理由からだ。でもまさか、彼から謝罪の言葉を聞くとは思わなかった。

けれど、ヴィンチェンツォは謝った。

それなら受け入れなければならない。

なぜならもし受け入れなければ……。

妊娠を知らせるために彼のロンドンのオフィスに行ったときからのすべての記憶がフラッシュバックした。敵意と怒り、醜い悪意に満ちた強烈な言葉の数々、恨みや憤りや嫌悪感がよみがえる。

それらは気力を奪い去り、シエナは急に疲れを覚えて打ちのめされた。

このままではいけない。

どんなに正当な反応だとしても、負の感情を抱くのはやめなければならない。

それはシエナが作品をおさめた紙挟みのそばに座り、両手でおなかの中の小さく無垢な命を抱きしめていたときと同じ決意だった。この状況で優先されるべきは我が子だけだ。

本当はそうしたくないほど憎み合っていても、私たちは前へ進まなければならない――ヴィンチェンツォと私は。私たちは負の感情に負けてはいけないのだ。なぜなら二人だけの問題ではないのだから……。

ヴィンチェンツォが話す声がした。彼はシエナのおなかの中で育っている小さな命に責任がある、もう一人の人物だった。「ありがとう」

ウェイターが飲み物を持ってやってきた。ヴィンチェンツォは食事と一緒にワインを飲むつもりだったので、食前酒は頼まなかった。シエナのためにソフトドリンクも注文しなかった。テーブルにはロールパンとバターとともに氷水が置かれた。

「料理を注文しようか」ヴィンチェンツォがメニューを開いて言った。

シエナも同じことをした。

不思議な瞬間と空間だった。会話はほとんどなくても、言葉以上のなにかがあるのをヴィンチェンツオは感じていた。目に見えない障害を乗り越えた気分だ。緊張で肩がまだこわばり、表情が険しいのは料理を注文しなければならないからではなく、シエナがどういう気持ちでここにいるのかがわからなかったからだった。

彼はメニューに目を通し、シエナにも注文を考える時間を与えた。そして彼女がメニューをテーブルに置いたのを見て、自分のを閉じた。

「決まったかい？」

すると突然、ヴィンチェンツォの脳裏に記憶がよみがえった。パーティを抜け出してファルコーネ・ホテルのレストランで食事をとったときも、彼はシエナにまさに同じ言葉をかけたのだった。二人の間には抵抗できないほどの惹《ひ》かれ合う力が働いていて、灼熱《しゃくねつ》の情熱の炎が燃えあがっていた。

一瞬、あまりに鮮明な記憶に圧倒されそうになった。そしてホテルのヴィンチェンツォの部屋で二人きりになったとき、情熱の炎はますます勢いを増したのだった……。

ヴィンチェンツォは当時の記憶を無理やり封じこめた。

しかし彼をあざわらう声がした。その記憶が存在する事実が、おまえがここにいる理由だろう？

シエナが話しているのに気づき、彼ははっとした。

「ええ、舌平目のヴェロニカ風だけをお願い」

ヴィンチェンツォはうなずき、適当に子羊肉の料理を選んだ。そしてワインリストに目を向けた。

「ワインはなにがいい？」彼は尋ねた。

「これをもう一杯もらうわ」彼女が氷水のグラスを示した。

「アルコールはいつから飲めるようになるんだ？」

妊婦がアルコールを禁じられるのが、ヴィンチェンツォには不必要に思えた。イタリアの妊婦も酒を断っているのだろうか？　イタリアの妊婦に限らず、イギリスの妊婦を含めたどの国の妊婦についてもよく知らないが。彼にとって彼女たちは未知の存在だった。

「授乳が終わったらかしら」シエナの声が聞こえた。

彼はシエナを見た。「母乳で育てるつもりか？」

質問に感情はこめなかった。彼女に批判だと受け取られては困る。今夜の目的は、二人が繰り広げてきた争いを終わらせることだ。

無意味だし、神経がすり減るだけだから。

過去の記憶がふたたび脳裏に広がった。今回は二人が結ばれた運命の夜の記憶ではなく、シエナが彼にぶつけた言葉の数々だった。〝なぜなら、あなたは私の赤ちゃんの父親にいちばんなってほしくない人だから。誰の赤ちゃんの父親にもなってほしくないわ〟

だが、シエナの赤ん坊は僕の子供でもある。

シエナは本気で僕に放っておいてほしいのだろうか？

彼女がまた話し出していた。ヴィンチェンツォは混沌《こんとん》とした過去を振り返るのをやめて、目の前の女性に注意を向けた。

「ええ、問題がなければね。そうするのが自然なの。赤ちゃんの免疫力が高まるのよ。これまで読んだ本によると、哺乳瓶を消毒するよりも面倒じゃないみたいだし」

「母乳で育てたら、赤ん坊から離れられなくなるんじゃないか？」ヴィンチェンツォはそう尋ねる自分の声を聞いた。

シエナが彼を見た。「赤ちゃんの世話をする以外の予定はないから、問題ないわ」

彼は顔をしかめた。「前に遺産があるから子供は育てられると言っていたね？」だがシエナの服装を見る限り、潤沢ではなさそうだ。

「ええ」彼女が答えた。

それ以上はなにも言わなかった。ヴィンチェンツォはさらに問いかけた。「友人の会社で働いている以外には、どんな仕事をしているんだ？　聞いたことがないが」

「話してないもの」シエナが短く答えた。

シエナを横目で見つつ、彼はファルコーネ・ホテルでの会話を思い出そうとした。しかし、そのときも彼女はイギリスでの生活についてなにも語らなかった。二人はイタリアのこと、そしてシエナと同じ名前の町の話はした。彼女は一度も訪れたことのない町に興味を示し、会話ははずんだ。

ウェイターが注文を取ろうとうろうろしていた。注文をしてウェイターがいなくなると、ヴィンチェンツォは息を吸った。二人の間にある、この新しい微妙な中立の空気を保ちたかった。

「それで、その前はなにをしていた――」話しはじめたものの、続けるには〝妊娠が判明する前は〟と言うしかないのに気づいた。

だが、言う必要はなかった。シエナが代わりに続けたからだ。「こんなひどい目にあう前はってこと？」

彼女は怒っても非難してもいなかった。ただし、声ははっきりと陰鬱だった。

また記憶がよみがえってきた。〝あなたと手錠かで鎖でつながれているみたいな気がするの〟

ヴィンチェンツォの中で拒絶の気持ちが大きくなった。もはや過去には戻りたくなかった。それを乗り越えるために、今夜はここに来たのだ。

「ひどい目と言わなければならないのか？」言葉が彼の口からこぼれ出た。

7

シエナはヴィンチェンツォをにらんだ。「ほかにどう言えばいいの?」怒ってはいなかったけれど、ごまかすつもりはなかった。この状況を表す言葉は〝ひどい〟以外になかった。

彼の目はシエナを見つめていたが、なにを考えているかは読み取れなかった。

「僕たちは」声も目と同じで謎めいていた。「〝ひどい〟以外の表現を見つけなければならない。〝ひどい〟と考えていてもしかたないからだ」そして息を吸った。唇を引き結んでから、ふたたび口を開く。「僕たちはこの状況を乗り越えなければ」

ヴィンチェンツォが視線をそらし、ワインに手を伸ばした。シエナは自分もワインを飲みたいと思ったものの、氷水を口にした。あの運命の夜、きらびやかなパーティでシャンパンを飲んでどうなったか。自制心がゆるみ、衝動に身を任せて、自分らしくない行動をとった。

その結果、私はここにいる。

シエナは音をたててグラスを置き、ヴィンチェンツォを見つめた。「どうやって?」

彼が注意深く答えた。「僕の謝罪を君は受け入れ、礼儀正しく一緒に食事をとっている。それはこの状況を乗り越えようとする確かな一歩だと思う」

彼女はヴィンチェンツォを見つめつづけた。「あなたはどうしようと考えてるの?」体の中ではふたたび緊張が高まっていた。そんな自分がいやだった。

彼が慎重に言葉を選びながら答えた。「僕たちはもっと互いを知ったほうがいいと思う」

シエナは目を見開いた。「そうかしら? あなたはお金持ちで、私は妊娠している。その二つがわかっていればよかったんじゃないの？　少なくともあなたにとっては」

ヴィンチェンツォの表情が変わった。「その点についてはすでに謝った」彼が硬い声で告げた。「だから先に進まないか？」口調は鋭かった。

「先にってどこへ？」

「さっきも言ったが、もっと互いを知るんだ」

彼女は姿勢を正した。「なにを知りたいの？」

このつのる緊張がやわらぐなら協力しよう。ヴィンチェンツォが軽く手を上げた。「僕はまず、君の仕事について尋ねた。君は答えなかったが」

シエナは肩をすくめ、ロールパンを取って食べた。急に空腹を覚えたのだ。「だって、言うほどのことはないもの。メーガンと違って、きらびやかな経歴はないし」

「では、これまではなにをしてきたんだ？」

シエナはせっせとロールパンにバターをぬった。美術学校へ行きたかったとは話したくなかった。まして二度も挫折したとは打ち明けたくない。なぜ二度なのかも。

苦悩に満ちた数年間の記憶がよみがえりかけたけれど、彼女は頭の中から追い払った。妊娠が順調な今、悩みや不安を抱いていてはいけない。

兄夫婦の子供とはまったく違うのだから。私の赤ちゃんは全然同じじゃない。

ヴィンチェンツォがまた話しかけてきた。シエナは気がまぎれるのがうれしかった。

「君はロンドンで大きくなったのか？」

彼女は首を振った。これくらいは答えられる。

「いいえ、生まれも育ちも田舎なの」

「どこの田舎だ？」

「イースト・アングリア地方よ」幸せな子供時代を思い出して、シエナの声がやわらいだ。「父は獣医で、母は動物看護師だった。兄も獣医になって、やがて病院を継ぐつもりだったけど――」

しゃべりすぎてしまった……。

ヴィンチェンツォはシエナを見守っていた。その視線は相変わらず慎重だった。「ご家族に妊娠していることは話したのかい？」

「いいえ」彼女は答えた。早口にならないように続けた。「両親は――」

言葉が続かず、もうひと口水を飲んだ。まわりに目をやると、レストランは満席になりかけていた。

「両親は毎年ボランティアをしていたわ。馬の獣医だった父は母と一緒に定期的に北アフリカに出かけては、ロバの命を守る慈善団体の活動を手伝ってた。ロバはその地域のほとんどの農夫たちの生活に欠かせない生き物なんだけど、悲しいことに、世話をきちんとできない飼い主が多いの。両親は自分たちの知識と技術を慈善団体に提供し、地元の獣医を増やす手伝いをしていた。何年もね。でもある年――」シエナは言葉を切り、苦しそうに息をついた。「ある年、両親は北アフリカで地震にあったの」喉が締めつけられて、ふたたびグラスに手を伸ばした。

「お気の毒に」

静かな悔やみの言葉を聞いても、彼女はヴィンチェンツォを見ることもなにか言うこともできなかった。

静寂の中、彼がまた注意深く切り出した。「お兄さんがいると言っていたね？」

「兄はオーストラリアにいるわ。でも疎遠なんかじゃないの」ぎこちない声をどうにかしようとする。「とはいっても……すごく遠いから」

言いたいことは言ったものの、頭の中では考えたくない問題が渦巻いていた。兄のことだ。いつかは妊娠していると伝えなければならないけれど、簡単ではない気がする……。

シエナはナイフを置いて、ヴィンチェンツォを見た。「あなたはどうなの?」彼に質問をして話題を変えた。私はヴィンチェンツォについて知りたいと思っているの?

二人が大きな敵意を克服するつもりでいるなら、私も努力しなければならない。ヴィンチェンツォは謝り、私はその言葉を受け入れた。そして前に進もうとしている。

ヴィンチェンツォは答えるチャンスがなかった。ちょうど料理が運ばれてきたからで、シエナはさっそく魚料理を食べはじめた。グリルされた魚は繊細な味がすばらしく、つけ合わせの小さな新ジャガイモと新鮮なエンドウ豆も同じくらいおいしかった。向かい側にいるヴィンチェンツォは、ほんの少し火を通しただけに見える子羊肉を食べていた。

「舌平目はどうだい?」ヴィンチェンツォが礼儀正しく尋ねた。

「とてもおいしいわ」シエナも礼儀正しく答えた。

二人はしばらく食事に集中していたが、彼が会話を再開させた。「君は僕に質問していたな」先ほどのやり取りに戻る前に、子羊肉をもうひと口頬張った。

ヴィンチェンツォも努力しないと話せないのかしら? シエナは疑問に思った。堅苦しい声ではあったものの、彼は話し出した。

「僕はミラノの郊外で育った。家は——」ヴィンチェンツォは急に黙りこんだものの、話を続けた。「今ほど豊かというわけじゃなかった。だから僕はなんとかしようとしたんだ」

シエナは彼をちらりと見た。最後のほうの声がとげとげしかったのが気になった。「どうやって?」

ヴィンチェンツォにとってお金は明らかにとても大切なものだ。妊娠を理由にお金をせびる欲の深い女性たちから彼がそれを守っているのは、心とプライドにかかわる問題だからだろう。

あるいは恐怖にもかかわる……。

「僕は必死に働いた。経済や金融に興味を持って勉強したんだ。昼間は働いて金を稼がないとならない。勉強するのは夜だけだった。それから資格を取ってミラノの金融会社に勤め、財産を築けるだけの知識を学んだと確信したときに独立したんだ」

シエナは少し顔をしかめた。「具体的にはなにをしているの？」

「投資だ」ヴィンチェンツォが答えた。「最初は自分の金で投資を行って財産を増やし、次にそこで得た利益でほかの会社やベンチャー企業に投資した。ほかの人たちにも出資するよう勧め、自分だけでなく彼らにも利益をもたらした」声は淡々としていた。「金は金を生む。一度金を手にすれば、増やすのは簡単なんだ。資本を作りたいなら挑戦するしかない。決心するのがいちばん大変なんだよ」

「あなたはなにもないところから始めたの？」

ヴィンチェンツォがワインに手を伸ばし、ひと口飲んで、少々乱暴にグラスを戻した。「まあね」

声ははっきりと苦々しく、シエナはヴィンチェンツォを見た。彼の顔はすべての感情を閉ざしていて、本能的に話題をそらした。「あなたは私の家族についてきいたけど、自分のはどうなの？」

しかしヴィンチェンツォの表情は閉ざされたままで、視線が子羊肉に向いただけだった。

「取りたてて言うことはない」そっけない返事だった。

彼がふいにナイフとフォークを置き、まっすぐシエナを見た。目には謎めいた感情が浮かんでいたが、なんなのかはわからなかった。

「どうやら僕たちには共通点があるらしい。どちらも大家族に囲まれて育ったわけじゃない」

シエナの頭の中に言葉が浮かんだ。それは口にしたいとは思わない疑問だった。しかし、脳裏に独り言のように響いた。

〝でも、私たちの間には家族ができるのでは？〟

即座に彼女は反論した。いいえ、違う。この状況に家族なんて言葉はふさわしくない。

私とヴィンチェンツォは無謀な欲望に従って、なにも考えずにベッドをともにしてしまっただけ。だから家族ではない。そういうものにはなれないし、なってはいけないのだ！

シエナは視線を皿にやった。そしてフォークで新ジャガイモを刺した。

まるで頭の中に唐突にわきあがった、信じられないくらい不適切で間違った言葉を攻撃するように。

ヴィンチェンツォは自分の言葉を反芻《はんすう》していた。

〝どうやら僕たちには共通点があるらしい〟

彼の口元が引きしまった。

シエナが身ごもった子供以外の共通点が？

食事を続けたが、やわらかい子羊肉を一瞬、段ボールのような味に感じた。ヴィンチェンツォは肉をのみこんでワインに手を伸ばした。今夜、会おうと言ったのは僕だ。それなら続けなければ。必要なことなのだから。

本心だろうとなかろうと、シエナには謝罪する必要があった。

礼儀正しい会話をする必要もあった。

そうすることで二人は互いを知る必要があった。もうすぐ僕たちは親になるのだから。

たった一夜の出来事で、二人の人間が生涯をともにすることになるとは信じられない。

それでもヴィンチェンツォは気を取り直し、子羊肉を食べおえて皿を押しやった。ワインをもうひと口飲み、ふたたび会話を始めようとする。互いをもう少し知るためにはそうしなければならなかった。

そこで内心顔をしかめた。シエナの両親は専門職に就いていた。それなら、彼女も両親に近い仕事をしていたのではないだろうか？　ただ友人の会社で事務員として働くほかにもできることがあるのではないだろうか？

ヴィンチェンツォは心の中で肩をすくめた。いや、どうでもいい。シエナはもはや働かずにすむ。裕福な僕の子を妊娠したおかげで。

だめだ、そんなふうに考えるのはやめろ。冷静に現実を見るんだ。シエナに金を払うのは、我が子に金を払いたいからだ。僕にそうする余裕があるなら、彼女が利益を得ることを気にするな。

シエナが魚料理を食べおわると、ウェイターがまたどこからともなくやってきてデザートのメニューを注意深くテーブルの上に置き、空になった皿をさっと片づけた。

ヴィンチェンツォはメニューを手に取った。「デザートはどうする？」

すると脳裏にふたたび記憶がよみがえった。あの夜、ファルコーネ・ホテルでシエナはアイスクリームパフェを注文し、スプーンですくってはおいしそうに味わっていた。彼女の楽しむ姿が官能的で、ヴィンチェンツォは興奮をかきたてられたものだ。食事を終えて、その夜の本当の目的を果たしたくてたまらなかった。

彼はその記憶を振り払った。適切ではないからだ。

シエナはメニューに熱心に目を通していた。

「どれにしようかしら。たくさんあるから迷うわ」

「ラズベリーのパフェがある。ファルコーネ・ホテルでも君は似たようなものを食べていた」そう口走ったとたん、ヴィンチェンツォは言わなければよかったと後悔した。

とはいえあの運命の夜を思い出した自分を呪いながらも、ヴィンチェンツォはあの夜がなければよかったと思うことがほかにもあるのに気づいた。それはあの夜の結果できた赤ん坊ではなかった。

そもそも、妊娠する原因になったセックスが問題だった。

数週間前、シエナがロンドンのオフィスに現れたときからあった敵意という壁はなくなり、今は別のものが存在していた。ヴィンチェンツォはそれを望んでいなかった。望んでいるのはある程度の礼儀正しさだ。だから謝罪し、二人でこの状況を乗り越えなければならないと言った。だが今、互いの敵意が抑えていたなにかが頭をもたげて自制心が揺らいでいた。

ヴィンチェンツォはシエナから視線をそらせなかった。パーティの夜とはずいぶん違い、今の彼女はセクシーさを誇示してはいなかった。それでも魅力的なのに変わりはなかった。化粧をしていないのも髪をポニーテールにしているのも、ブルーグリーンの瞳を引きたたせるためなのかもしれない。いや、なにもしなくても美しい女性なのだ。それにどちらかといえば、なにもしないほうが美しいかもしれない……。

今のシエナに我慢できなくなるような官能的な魅力はなかった。それよりもありのままの姿をずっと見ていたかった。

ヴィンチェンツォはシエナから歓迎できない影響を受けていた。歓迎できないのは今は必要ないものだからだ。あの夜、彼女の魅力に逆らえなかったせいで、僕は現在の状況に追いこまれた。欲望が頭をもたげるなど、いちばん避けたい展開でしかない。

彼は椅子の上で身じろぎし、視線を無理やりそらしながら、あの夜なにを食べたか蒸し返さなければよかったと思った。

「それなら絶対に選ばないわ」その言い方から、シエナもまたヴィンチェンツォの言葉を歓迎していないのがわかった。

彼の口元がふたたび引きしまった。どうやら僕たちにはもう一つ共通点があったらしい。

あの夜のことを思い出したくない、考えたくもないという共通点が……。

ウェイターが音もなく注文を取りに来たので、ヴィンチェンツォはぶっきらぼうな声でチーズを注文した。シエナも前と同じくらい緊張した声でレモンタルトを注文した。そしてメニューを返した。「それとコーヒーをお願いします。カフェイン抜きのを」彼女はしどろもどろに言った。

ヴィンチェンツォは彼女には目をやらず、自分のコーヒーを強い口調で頼んだ。「カフェイン入りのを」

ウェイターは去っていった。

しばらくの間、沈黙が続いた。

ヴィンチェンツォはあたりさわりのない無難な話題をさがした。だが困ったことに、なにも思いつかなかった。

同じ結論に達したのか、シエナが急に口を開いた。「私たち、なにも話すことがないみたいね?」そしてグラスに手を伸ばすと、中身を飲みほしてグラスを置き、彼をちらりと見た。

ブルーグリーンの瞳はとても印象的で表情豊かだった。そこには今、辛辣さがあった。

「お互いを知ろうと努力しても無駄なんじゃないかしら?」その声も辛辣だった。

ヴィンチェンツォはかすかに顔をしかめた。「僕はあまり人を知ろうとした経験がないんだ」

シエナの表情が変わり、感情が消えた。「特に女性だとそうなんでしょう? だってよく知っても意味なんてないもの。さっさと去っていくつもりなら必要ないわ」

シエナの声にも表情にも敵意が戻っていた。

ヴィンチェンツォは顔をこわばらせた。これは望んでいた展開ではない。ともにした一夜を思い出したくないという気持ちは消え去っていた。僕があの一夜のあと、すぐに部屋を出ていったことも彼女が壁を作るもう一つの理由だったのだ。それなら解決しなければならない。

「朝食を一緒にとらなかったことについても謝ってほしいのか?」返事を待たず、率直に続けた。「そうするのは無理だった。あの日は八時半から会議があったし、そのあとも一日じゅう会議が続いた。八時半の会議についてはずっと前からの約束だったんだ。前日の夜を女性と過ごすとは思ってもいなかった」

シエナが視線をはずした。「お互いにね」それからヴィンチェンツォをまっすぐに見た。「あなたは私をそういうことばかりしている女と思っていたけど」

その言葉の端々に反感がにじんでいて、ヴィンチェンツォは凍りついた。「それについては最初に謝罪したつもりだったんだが」

「そうだったの?」挑発のこもった口調だった。

「ああ」彼はあらためて言った。「しかし、もしきちんと口にしてほしいのであればそうしよう。君は会ったばかりの男とすぐ一夜をともにするような女だから、僕のもとへ来る前に親子鑑定をして複数いる父親候補の中から妊娠させた相手を特定するべきだったと言ったことを、ここに謝罪する。その発言は君の人格をおとしめただけで、正当なものではなかった」言葉を切り、眉を軽く上げる。「これでいいかな?」

シエナはなにも言わなかった。だが、相反する感情が顔をよぎるのがわかった。それから苦しそうに唾をのみこむ。ヴィンチェンツォはよくわからない衝動に駆られて、手を彼女のほうに伸ばしそうになった。

今度は違う口調で彼は話し出した。「あの夜、僕たちはどちらも常軌を逸した行動をとった事実を受け入れようじゃないか。それがいちばんいい方法だと思う。僕たちはほかの状況なら決してしないことをしてしまった。その事実を認めれば、起こったことは起こったこととして受けとめ、過去のものにできるかもしれない」

理性的に合理的に聞こえるように話しながらも、ヴィンチェンツォは心の奥底で自分を偽善者だと思った。しかし、理由はさぐらなかった。男を誘う格好をしていようとわざと地味な服装をしていようと、シエナが僕の興味を引くことは今は関係ない。

それなら無視しなければ。なぜなら現在の状況では絶対に許されないからだ。

シエナの顔には相変わらずさまざまな表情がよぎっていた。「私は過去のものにしたわ」

声は低く、苦しげだった。目はヴィンチェンツォではなく、テーブルクロスを見ていた。

「そうするしか方法がなかったもの——起こったことに対処するしか」次の瞬間、シエナの目が彼をとらえた。「私はわざと怒ってた。あの朝、あなたが出ていったことに。そうすれば自分がしたことに腹をたてずにすむから」彼女が息を吸った。「だって、あの夜にあったことはこれまでに経験のない出来事だったから。それにショックでもあったの。私がそんなまねをしたのが」そこで急に顔をゆがめ、目をぎゅっと閉じた。まるで世界を締め出すような仕草だった。

今度は迷わず、ヴィンチェンツォは手を伸ばした。そしてほんの一瞬、シエナの頬に軽く触れて手を引っこめた。「そんなに自分を責めなくていい」彼は言った。

その声はいつもと違っていた。なぜだ？　彼女の頬に触れた理由もわからない。

シエナをなぐさめたかったのか？　それとも共感していると伝えたかったのか？　そうかもしれない。

「気持ちが楽になるかどうかは知らないが」ヴィンチェンツォは続けた。「今、君が言ったことは僕にもあてはまる」

声は淡々としていたものの、辛辣ではなかった。彼は遅ればせながら気づいていた。僕もまた、シエナが妊娠を告げにオフィスに現れたとき、出会って数時間で女性とベッドをともにしたショックをごまかすためにわざと怒りをかきたてていた。

彼女が顔を上げ、ヴィンチェンツォを見つめた。その表情には変化が訪れていた。

「男の人はいつも女性をはずかしめてもいいと思ってる。そうしても自分は高潔なままだと信じてるのよね」口調には棘《とげ》があった。

ヴィンチェンツォは苦笑した。「そういう男は間違っている。女性が自分の魅力を男に対する武器として使うのは当然なんだから」

彼はため息をついた。重々しいため息だったが、そこには安堵《あんど》もこもっていた。見ると、シエナは晴れ晴れとした表情でこちらを見つめていた。その目には敵意も挑発も警戒もなかった。

「シエナ」ヴィンチェンツォは今夜初めて彼女の名前を呼んだ。「あの夜の僕たちは自分らしくない行動をとった。だが、なかったことにはできない。それなら和解しないか？」そうするのが自然に思えたので続けた。「君は心安らかに妊娠期間を過ごすべきだ。どちらも望んだわけではなくても、子供は生まれてくる。せめて、今夜しようとしていたことを続けてみないか？」

ヴィンチェンツォはしばらくシエナを見つめた。彼女は心を閉ざしているようではなかったものの、なにを考えているのかはわからなかった。ひょっとしたら、単にこちらの話を聞くのに飽きてしまったのかもしれない。

ウェイターがチーズとレモンタルトを持ってテーブルにやってきた。彼は二つを置くと、コーヒーについて何事かつぶやいて下がった。

「おいしそうだね」シエナのデザートを指さして、ヴィンチェンツォは言った。あたりさわりのない無難な会話だった。彼はさらに続けた。「イタリアでは、チーズをデザートの前に出す習慣があるんだ。イギリスではあとらしいが」

彼女がフォークを手に取った。「ええ、イギリスでは食事の終わりに出てくるわね。コーヒーやリキュールと一緒に出される小さなお菓子やミントチョコレートを除けばね」

会話に応じたシエナに、ヴィンチェンツォはうれしくなった。二人にはそういうものが必要なのだ。単純で、気軽なやり取りが……。

ウェイターがまた近づいてきて、それぞれにコーヒーを注《つ》いだ。ヴィンチェンツォはチーズを食べはじめた。二人の間の雰囲気はやわらいでいた。くつろいでいるとは言えないまでも少なくとも緊張はなく、彼は感謝した。

しばらくの間、二人は黙りこくっていたが、空気はなごやかだった。

僕たちは前に進んだ。

なんのためになのかはわからなかった。しかし、一つだけわかっていることがある。

僕たちがどこをめざそうとも、目的地はもといた場所よりもいいところに違いない。

それもまた感謝すべきだった。

シエナはデザートを食べつづけた。今の複雑な気持ちを表す言葉を見つけようとしたけれど、〝疲れた〟という言葉しか思いつかなかった。たぶん、この状況にはその表現がふさわしいのだろう。しかし、もう一つ別の表現も思い浮かんだ。

〝ほっとした〟という言葉も。

彼女はしばらくあっけに取られた。ほっとしたですって？　本当に？　もしそうなら、なぜ？

なぜなら、二人がほかのものを手に入れたからだ。

癪《しゃく》にさわりつつも、ヴィンチェンツォは謝罪以外のことをした。

シエナは内心顔をしかめた。たしかにヴィンチェンツォはそうした。だから私は納得したのだ。たとえ気に食わなくても、彼と一緒に前へ進まなくてはならないと思った。

ヴィンチェンツォははっきりと努力している。だったら、私も努力しなければならない。

シエナは顔を上げてヴィンチェンツォを見つめた。表情は謎めいているけれど、心を閉ざしているわけではなく、ただなにを考えているのか読み取れないだけだった。

突然、彼女はヴィンチェンツォの表情の意味を知りたくなった。「私とあんなふうにベッドに行ったのが、すごくショックだったの？」その言葉は考えるよりも前に口から飛び出していた。

彼がシエナと目を合わせた。「そうだ。今まで経験がなかったからね」

シエナは困惑した。ヴィンチェンツォは穏やかに話しているが、声の調子にはなにかある。「男性は大した問題だとは思わないものだわ」彼女はゆっくりと言った。「見知らぬ女性と出会ってすぐに体を重ねたって」

彼がチーズナイフを置いた。「それは人によるんじゃないか」

その答えを、シエナはよく考えてみた。自分がどう思っているかも。

ヴィンチェンツォの言葉を、私は正確には喜んでいない。でも、喜びとは反対の感情でもない。シエナは別の質問をしたくなった。する必要があると思った。しかし、そうするのは危険すぎた。

「なんだい？」彼が尋ねた。視線はまだ彼女にそそがれている。

「なんだいってなにが？」シエナはきき返した。

「僕になにを質問したいんだ？」

彼女は驚いた。どうしてわかったの？

「君はわかりやすいんだ」声は事実を語っているだけで、荒々しくも辛辣でもなかった。〝自分を責めなくていい〟と言ったときと同じだ。そして、ヴィンチェンツォは私の頬に触れた……。

シエナは唾をのみこんだ。息が苦しくなったけれど、理由はわからなかった。

「質問するのがむずかしいなら、簡単にできるよう努力するよ」なにをするのかはわからなかったものの、おかげでシエナはひと息ついて質問ができた。

「あの朝……会議がなかったら……あなたは……あなたは……」

「答えはイエスだ」ヴィンチェンツォが答えた。

彼女はなぜか息が楽になった。彼が話しつづけるうちに、なにかが変わっていった。

「君と朝食をとるために部屋に残りたかった」その言葉は告白に聞こえた。ヴィンチェンツォはさらに続けていた。「もしあんなふうに立ち去っていなかったら、君とどうなっていたかはわからない」

「今となってはね」シエナは言った。

「ああ、僕たちにはわからない。だから僕たちは〝もしも〟を考えるのではなく、ありのままの現実に対処するしかないんだ」彼が息をついた。「だから、僕たちはここにいる。非難したり怒りにとらわれたりするのではなく、実現できる道を見つけようとしているんだ」

「そうね」シエナはゆっくりと言った。スプーンを取って、ぼんやりとカップの中のコーヒーをかきまぜる。カフェイン抜きのコーヒーにはあまり興味がなかったけれど、とにかくひと口飲んだ。さまざまな思いが渦巻いていたものの、自分が感情的になっているのかどうかはわからなかった。

ヴィンチェンツォはあの朝、少なくとも私と朝食を一緒にとりたかった。二人の間がどうなっていたかわからないとも認めた。

それってすごい進展なのでは？

彼がまた話しているのに気づいて、シエナは耳を傾けた。

「考えたんだが……」声は遠慮がちで、目は注意深く彼女のようすをうかがっていた。「僕たちの次のステップは、しばらくどこかで過ごすことなのかもしれない。何日か一緒に」

シエナは目をぱちくりさせた。

「ロンドンから離れたどこかで」ヴィンチェンツォが続けた。「考えてくれないかな？」

「どうかしら」彼女はゆっくりと言った。彼とそういう時間を過ごすのに耐えられる？

「急いで決めなくてもいい。明日僕はイタリアに戻らなければならないし、そのあとはジュネーヴ、そしてトリノにも行く。だがそれからは……君さえよければちょうど時間があるんだ。どこがいいか、候補を出してもらえないだろうか？」彼はチーズとコーヒーに戻り、シエナもデザートを食べおえた。二人は言葉を交わさなかったが、初めて沈黙が気にならなかった。

彼女は空になった皿を押しやり、味気ないコーヒーを飲みほした。

「もう一杯どうだい？」ヴィンチェンツォが尋ねた。

シエナは首を振った。「部屋でフルーツティーを飲むことにするわ。そうすればカフェインが恋しくならないから」声には少し残念そうな響きがあった。

「では、会計をしていいかな?」

うなずいたシエナを見て、ヴィンチェンツォはウェイターを呼んだ。レストランは満席で、ウェイターたちも大忙しだったにもかかわらず、対応は速かった。とはいえ、ヴィンチェンツォを無視できるウェイターはいないだろう。無視できないのは彼の富なのかもしれないが。

でも、ヴィンチェンツォはなにもないところから始めたのかという私の問いを否定しなかった。だから、指を鳴らしてウェイターを呼ぶなど想像もできなかった時代もあったのかもしれない。

もしかしたら、自分に対する女性の関心がお金しかないのではと疑わずにすんだ時代もあったのかもしれない。

妊娠を喜んだ時代も。

ヴィンチェンツォが高級そうなクレジットカードをしまって立ちあがり、シエナも席を立った。歩調を合わせてアパートメントへ戻る間、夜気は冷たく、彼女は少し震えた。すると、彼が自分のジャケットを肩にかけてくれた。

「えっ!」シエナは驚いて叫んだ。それからぎこちなく言った。「ありがとう」せっかくの好意をむげにはできない。それに暖かいのは大歓迎だった。

彼の体温も……。

記憶がよみがえりそうで、シエナは不安になった。二人は無言で歩いていたけれど、沈黙は気にならなかった。

アパートメントの正面玄関で、ヴィンチェンツォが立ちどまった。「申し訳ないが、ジャケットを返してくれるかな? 君のためにドアを開けたいんだが、鍵がポケットの中にあるんだ」

「あの……ええ、わかったわ……」シエナはジャケットを引っぱり、美しくやわらかなシルクの裏地が肩をすべるのを感じた。ヴィンチェンツォがジャケットを受け取ると、鍵を取り出し、正面玄関のドアを開けた。

「部屋まで送るよ」彼が言った。そしてシエナをエレベーターに乗せ、めざす階で降りて部屋へ向かった。彼女はハンドバッグから鍵を取り出し、玄関のドアに差しこんで振り返った。

薄暗い明かりに照らされたヴィンチェンツォは、とても背が高く見えた。影になっていて半分しか見えない彼の横顔を目にして、シエナの胸にある感情がこみあげてきた。けれど、彼女はその正体を知りたくなかった。「夕食をごちそうさま」急に恥ずかしさを覚えながらお礼を述べた。

シエナが部屋のドアを開ける間に、ヴィンチェンツォはジャケットを着た。それから彼女を見つめたものの、薄暗くて表情まではわからなかった。

「楽しかったよ」彼が言った。「これで失礼するが、なにか必要になったら連絡してほしい。僕からも来週末に連絡する」言葉を切る。「僕の提案をよく考えてみてくれ。一緒に過ごしてもいいかどうかを」

約束はできなかったので、シエナは曖昧にうなずいた。「ジュネーヴとトリノでの仕事がうまくいくよう祈ってるわ」そう言ったのは礼儀だと思ったからだった。

「ありがとう。それでは、おやすみ《ブォナ・ノッテ》」

「おやすみなさい」彼女はまたぎこちなく言うと、部屋に入ってドアを閉めた。

キッチンに足を進めながら、シエナは考えこんだ。夕方にここを出てからずいぶん時間がたった気がする。まるで遠くへ旅したみたいだ。

けれど、私はどこにたどり着いたのかしら……?

8

海は灰色とも青とも言えた。太陽が雲間から顔を出せば青に、雲に隠れれば灰色に見えた。

「座りたいかい？　疲れていないか？　それなりに歩いたからね」ヴィンチェンツォが丁重に尋ねた。

「ありがとう。そうしたいわ」シエナも丁重に返事をして、舗装された遊歩道のそばにあったベンチに腰を下ろした。手すりの向こうは潮が満ちていて、カモメが急降下し、風は弱いのに白波が立っている。さらに沖では、ヨットがイギリス海峡を西から東へ進んでいた。

ヴィンチェンツォの脳裏にある記憶がよみがえった。サルデーニャ沖でのんびりと昼食をとりながらヨットを眺めていたとき、人生を一変させる電話がかかってきたのだ。そして……。

ヴィンチェンツォは今、東デヴォンの海岸沿いにある落ち着いた雰囲気の海辺のリゾートで、自分の人生を永遠に変えてしまった女性の隣に座っていた。

「寒くないかい？」彼はきいた。

「ありがとう、大丈夫」シエナが同じくらい礼儀正しく返事をした。

二人はそれぞれが細心の注意を払って用心深くふるまっていた。ヴィンチェンツォはその状態を喜び、感謝していた。二人は前へ進んでいる。だが、どこへ向かっているのかはまだわからない。

できるのは同じ方向に進みつづけることだけだ。シエナは一緒にどこかへ出かけようという僕の提案を受け入れ、この場所を選んでくれた。〝イギリスでいちばんきれいな海辺の町だと言われてるの〟そう言って。

ヴィンチェンツォはその町を知らなかったが、シエナの言うとおりだと思った。彼女によるとこのリゾートは海水浴が流行しはじめ、ブライトンからデヴォンまでの南海岸一帯が観光用に開発された十八世紀末からあるらしい。

セルコム・ホテルはこぢんまりとしているが、そこが魅力的だった。ヴィンチェンツォは遊歩道のいちばん奥にある、町でいちばん有名なこのホテルに部屋を取った。建物は白い漆喰《しっくい》の瀟洒《しょうしゃ》な一軒家で、庭からはビーチに直接出ることができる。豪華とは言いがたいが、昔ながらの快適さが約束されていた。

「気分はどうだい?」ヴィンチェンツォはシエナに尋ねた。二人の間にじゅうぶんな距離があるのはわざとではなかった。「帰りはタクシーに乗ろうか?」

「いいえ、私なら平気。今日はいいお天気だし、このまま歩きたいわ。健康のためにもね」

「無理は禁物だぞ」彼は言った。

「遊歩道をのんびり歩くのは、無理とは言えないわ」その言葉に棘《とげ》はなかった。「日差しを浴びながら海を眺めるのは気持ちいいし」言うべきかどうか迷っているかのように、シエナがしばらく間を置いた。「海は好き? つまり、イタリアの海はってことだけど。好きな人もいれば、そうでない人もいるでしょう?」

「とても好きだよ」ヴィンチェンツォは答えた。「若いころ、海に行ったりした? 一時間で海に行けるところに住んでたから、両親は私と兄をよく連れていってくれたの。あなたは?」

シエナとの会話を、彼は歓迎していた。前日にレンタカーに彼女を乗せてロンドンを出発し、西へ向かう間も、二人はずっと礼儀正しく楽しい時間を過ごした。同時にどちらも慎重だった。

この会話も慎重に進める必要があるらしい。「海には行かなかった」無愛想に言うつもりはなかった。

「ミラノは海が近くないからね」

「そう？」手すりの向こうに広がる海を眺めて、シエナが言った。「でも湖には近いでしょう？」

「いちばん近いのはコモ湖かな」だが、いやな記憶が多くて近よりたくなかった。

「子供のころに行ったことはある？　イタリアの湖で泳げるかどうかは知らないけど……」

「無理だ」それから口調をやわらげた。「いや、泳ぐことはできるが、危険なんだ。湖はとても深くて、セーリングやウィンドサーフィンなどのウォータースポーツのほうに適している」

「そっちの経験はある？」

「いや」ヴィンチェンツォは水平線を進むヨットに目をやった。「時間がなくて」

「残念だわ。私も経験はないの」

彼の口が勝手に動いた。「海岸のそばで遊覧船の看板を見たから乗ってみよう。どうかな？」

「いいわね」シエナが答えた。声には礼儀正しさ以上のものがこもっていた。

「よし。明日、天気がよければ行こう」

「ええ、そうね」彼女が穏やかに同意した。

いつの間にかヴィンチェンツォの気分はよくなっていた。座った姿勢で脚を伸ばし、顔に降りそそぐ日差しを楽しむ間、暖かなそよ風が髪を撫《な》でていた。

彼は横目でシエナを見た。彼女はベンチの背にもたれ、同じように日差しを顔で受けとめていた。化粧はしていないが、髪はいつものポニーテールではなかった。後頭部の低い位置で一つにまとめられていて、そよ風に軽く揺れている。目は閉じていた。

見つめるうちにシエナの繊細な顔立ちや高い頬骨、長いまつげ、唇の形、肩にかかる髪が気になり、ヴィンチェンツォの胸はざわめいた。すぐに意識するのをやめなければならないと思った。

しかしシエナは相変わらず目を閉じたまま、太陽に顔を向けていた。ヴィンチェンツォは無防備な彼女を見つめつづけた。どうしてなのかも、見つめるべきでないのもわかっていた。

彼はわざと視線を下にやった。シエナのおなかはまだほとんどめだたず、細身のパンツの上のコットンのセーターがわずかにふくらんでいるだけだ。それでもかろうじて気づく程度とはいえ、妊娠は事実だ。あのおなかはどんどんふくらんでいく……。

次の瞬間、ヴィンチェンツォの胸にありえないものが生まれた。いや、必然なのかもしれない。

彼は辛辣な言葉を自分にぶつけた。このデヴォンの遊歩道のベンチに座っているのは、欲望が原因だっただろう？　そのせいで人生は劇的に変わった。目の前のシエナはファルコーネ・ホテルのときとは別人だ。なんのおしゃれもしていないのに、どうして僕は欲しいと思うのだろう？

もう一度海に目をやった。そのほうが安全だった。

これ以上複雑にしなくても、状況はじゅうぶん複雑だろう？

答えは明らかだった。

僕たちはようやく醜い敵意やショックや怒りを乗り越えようとしている。互いに礼儀正しく、冷静かつ理性的に話もできている。だから、欲望にじゃまされるわけにはいかないのだ。

シエナを欲しいと思っていても、その気持ちは胸に秘めておかなくてはならない。彼女はあの夜を過ちだと考えているのだから。

もちろん、僕も同じだ！

だが頭の中でそう言うと、疑問が返ってきた。あの夜を後悔しているのか？　それとも後悔しているのはその結果だけなのか？

ホランドパーク・アヴェニューのレストランで、シエナは僕に、もし事前に決まっていた会議がなかったら朝食を一緒にとっていたかと尋ねた。

もし僕があの朝シエナを置き去りにしなかったら、互いになにを話していた？

さまざまな思いが渦巻き、答えよりも多くの質問が生まれた。僕はシエナと別れていただろうか？　彼女をタクシーに乗せたあと、忘れようとしただろうか？　そしてもとの生活に戻り、あの夜をただ一度の過ちとして片づけていた？

視線が海から離れてシエナの顔に戻った。

彼女は目を閉じたまま、まだ太陽に顔を向けている。その姿はやはり自然で美しかった……。

シエナは目を開けた。なぜかはわからない。座って太陽に顔を向け、カモメの鳴き声や打ちよせる波の音を聞いていると、とても穏やかな気分になれた。けれどどういうわけか目を開けて、首をひねった。

そしてぴたりと動きをとめた。

ヴィンチェンツォがこちらを見つめている。

ヴィンチェンツォの視線に心を見透かされている気がして、衝撃を受けた。最後に彼がそんなふうに見つめたとき、シエナは我を忘れ、欲望の虜《とりこ》になった。

ほんの一瞬、脈が速くなり、胸が高鳴るのを感じた。それから必死に視線を引きはがして海を眺めたあと、立ちあがった。「歩きましょうか？」声は明るすぎたけれど、気にしなかった。

返事を待たず、シエナは遊歩道のいちばん奥にあるセルコム・ホテルのほうへ足を向けた。昨日の昼食後にヴィンチェンツォが現れ、二人でデヴォンへ出発して以来、あれほど懸命に保ってきた平静は熱いストーブに落ちた水滴のように蒸発していた。

彼女はどうして自分の体がストーブと同じくらいに熱いのか、はっきりとわかっていた。

だめよ！　理由は言わないで！　絶対に！　あまりにも無茶だし、ありえないし、すごく不適切だから。しかも恥ずかしい。

ベンチでは圧倒的に恥ずかしさが優位だった。当然よ！　ほかになにがあるというの？

私はちょっと油断しただけ。

彼もきっとそうだ。

思い浮かんだ言葉を、シエナは懸命に信じようとした。気づかないうちに歩く速度が上がっていた。その行動で気づかれてしまうかもしれないと思って、速度を落とす。ヴィンチェンツォが隣にやってきて歩調を合わせた。彼女は初めてヴィンチェンツォがそばにいるのをひどく意識した。

どういうふうに意識しているかというと……。

だめ！　シエナはそれ以上考えまいとした。あの情熱の一夜は私の人生にじゅうぶんな苦悩をもたらした。同じことを繰り返すなんて許されない。ヴィンチェンツォが現れるようになって以来、私は最善を尽くしてなんとか彼を意識せずにすんでいたのに……。

私たちはただ礼儀正しくふるまっていればいい。私たちにこれ以上対処するべきことは必要ない。

「途中で昼食をとる？　それともホテルに戻ってからにする？」シエナは慎重にきいた。昼食の話題はあたりさわりがなく無難だ。ヴィンチェンツォもそう思ったらしい。

「どこかよさそうな店をさがそうか？　もし見つからなかったら、ホテルで食べればいい。昨日の夕食はとてもおいしかったが、毎回そことというのもね。ほかのレストランか……カフェでもいい。そんな感じでいいかな？」

「ええ」シエナは答え、遊歩道を渡った反対側の建物の間の道に目をやった。建物は摂政時代風の高級ヴィラで、長いテラスがある。かつては別荘だったと思われる上の階は休暇用のアパートメントになっているようだが、下の階はレストランなどの店舗らしい。

「あそこはどうだろう？」ヴィンチェンツォが遊歩道に向かってテーブルを並べたレストランを指した。

「地中海風のお店ね」シエナは言った。

「そうだな。行ってみないか？　なにがあるか見てみようじゃないか」

ヴィンチェンツォが彼女を誘導して近くの横断歩道を渡った。レストランはこぢんまりとしていてすてきだった。テーブルはかなりうまっていたが、彼が少し奥まったところに空いているテーブルを見つけた。

「ここでかまわないかな？」丁寧な口調で尋ねる。

シエナはぎこちない笑みを浮かべてうなずき、椅子に座った。ウェイトレスが颯爽《さっそう》と現れると、メニューを差し出し、なにを飲みたいか陽気に尋ねた。

彼女はいつものようにミネラルウォーターを注文し、ヴィンチェンツォがビールを注文する。ウェイトレスはヴィンチェンツォに見とれているようだ。でも、彼みたいな外見の男性はつねに女性の目を引く。

私の目も……。

シエナはその思いを追い払った。だから、子供を身ごもったんでしょう？

ほかのことを考えたかった彼女はメニューを見て、チキンとアボカドのサラダを選んだ。ヴィンチェンツォは名物のカニのサラダを頼んだ。

ウェイトレスがほほえんだ。「今朝取れたばかりの新鮮なカニですよ」そして名残惜しそうに去っていった。

彼が椅子の背にもたれ、遊歩道を眺めた。「ここはもともと漁村だったんだな。そして海辺のリゾートになったんだ」

「そうだと思うわ」シエナは言った。その話題なら安全だから、冷静でいられるだろう。

けれど次の瞬間、ある考えが脳裏をよぎった。

こんなことをして本当に賢明だったの？　ヴィンチェンツォの提案にのり、ロンドンから離れて一緒に時間を過ごしていていいの？　でももう遅すぎる。私の人生はそういうことばかりだ。

そこにはもう一度美術の勉強をするのも含まれる。

十八世紀なかばに始まった海水浴の流行について質問するヴィンチェンツォに答えながら、シエナは別のことを考えていた。スケッチブックを持ってくればよかった。遊歩道にあるベンチに座って、海辺の風景を鉛筆でスケッチできたらいいのに。

魅力的な考えだった。画材店をさがして、必要なものを買おうかしら？

「海水浴がしたい人々がコンテナみたいなものを馬に引かせたというのは本当かい？」ヴィンチェンツォが尋ねた。

「本当よ」シエナは答えた。「海水浴機と呼ばれていたそうよ。当時の印刷物や写真で見たことがあるの。女性たちは頭から爪先までをおおう水着を着ていたわ。でも、そうすれば海に入れた」

「海は冷たそうだが」ヴィンチェンツォが言った。

「地中海よりはずっと冷たいでしょうね」シエナは苦笑した。「凍えていたんじゃないかしら」

彼がおもしろくなさそうに笑った。

彼女は急いで続けた。「私も入ろうか悩んでるの。北海よりはましでしょうし。でも昔は子供だったから、海が冷たくても気にしなかった！　それに、しばらくすれば温かく感じたのよ」

ヴィンチェンツォが疑わしげな視線を向けた。

シエナはまた苦笑した。「靴下と靴を脱いで、ズボンの裾を折って海に入るの。それか、二世代前の男性たちがしていたようにハンカチの角と角を結んで、頭にのせる」

彼が困惑した。「なんのために？」

「日差しを避けるためよ」

「僕は帽子を買うよ」

シエナは笑った。「そのほうが間違いなくおしゃれね。結んだハンカチって見ばえがよくないもの」

「ご忠告どうも」ヴィンチェンツォがそっけなく言った。「海に入るのもやめておくよ。ホテルのプールなら温水だからね」

「そっちのほうが快適だと思うわ。でも潮が引いていれば、海岸を歩ける。ここは砂利で、砂じゃないのが残念だけど。子供のころに行ったところは、すばらしい砂のビーチだった。兄と私は海水浴だけでなく、砂遊びやビーチクリケットもしたわ。両親はデッキチェアでそんな私たちを楽しそうに見てた。母は編み物をしながら、父は文庫本を読みながらね。帰る時間になると、車に乗る前にアイスクリームを食べさせてもらえたの」

シエナは、ヴィンチェンツォが不思議そうな顔で自分を見ているのに気づいた。「幸せな子供時代だったんだな」彼がゆっくりと言った。

「ええ」シエナはうなずいた。「とても幸せだった」

ヴィンチェンツォが静かに尋ねた。「ご両親が亡くなったとき、君は何歳だったんだ?」

「私は十八歳、兄は二十三歳だったわ。兄は獣医師免許を取ったばかりで、新婚だった——」つらい話になって、彼女は言葉を切った。ウェイトレスが飲み物を持ってきてくれたのがうれしかった。彼女はミネラルウォーターで喉をうるおし、ヴィンチェンツォはのんびりとビールを口にした。まわりでは行楽客たちが幸せそうな顔で昼食をとっている。

本当に彼らは幸せなの? 見ただけでどうしてそうだとわかる? 私とヴィンチェンツォを見てなぜここにいるのか、一緒にいるのはカップルだからだなんて誰にわかるかしら? 私たちの間には計画も期待もしていなかった赤ちゃんがいるだけなのに。

急に喉が締めつけられて、シエナはおなかに手をやった。その場所は日に日にふくらみ、子供の存在を感じさせていた。

ヴィンチェンツォがビアグラスをテーブルに置きながら言った。「いくつになっても親を亡くすのはつらいものだ。僕も十八歳で父を心臓発作で亡くした。母を亡くしたのは……」

言葉を切ったのは言いたくないからだという気がした。シエナは同情をこめて彼を見つめた。

「母は僕が四歳のときに亡くなったんだ」

「大変だったでしょうね」彼女はゆっくり言った。

ヴィンチェンツォに幼いころがあって、家族がいたと想像するのは奇妙な感じだった。彼は家族について〝取りたてて言うことはない〟と話していなかった？ でも、両親とも亡くなっていた……。

私たちには共通点があった。確認し合うのはつらいけれど……。

ヴィンチェンツォが顔をしかめた。「母の記憶はあまりない。一つか二つあるだけで、それも父から聞いたのかもしれないんだ」

「ご親戚はいないの？」シエナは無意識にきいていた。「私と兄はお互いの存在がなぐさめになったの」

ヴィンチェンツォが首を横に振った。顔がこわばっていた。「いない。それが父が――」

彼がまた口をつぐみ、シエナはいぶかしげな顔をした。

「父が再婚をしたがった理由だった」

「お父さんは再婚したの？」

「最終的には」ヴィンチェンツォの声がさらに厳しくなった。「僕が十三歳のときに」

シエナは二人の関係の進展を感じていた。ヴィンチェンツォがこんな話をするなんて信じられない……。現在の状況がなければ、彼は絶対に話さなかったに違いない。私も同じだ。

でも、重要なことなのかもしれない。お互いをもっと知って受け入れるためには。

「新しいお母さんとはうまくいった？」

ヴィンチェンツォが緊張し、シエナが妊娠を告げに行った日のような表情になった。「いや」

答えはひと言のみだった。彼がビールを飲み、音をたててグラスを置いた。

「あの女性を母親だと思ったことは一度もないし、今でも思っていない」

「今でも？」

ヴィンチェンツォが肩をすくめた。その仕草には軽蔑がこもっていた。「父が亡くなったとたん、彼女は家を出てコモ湖の別荘に移ったんだ」

シエナはゆっくりと慎重に言った。「贅沢《ぜいたく》ね」

ヴィンチェンツォの目がぎらりと光った。「彼女は父が遺《のこ》したものをすべて奪っていったんだよ」彼が吐き捨てるように言った。

沈黙の中、シエナは思い返した。

それなら納得できる。ほろ苦い気持ちにはなるけれど、理解はできる。

だから、ヴィンチェンツォは私にあれほどひどい言葉をぶつけ、私を最悪の女だと思ったのだ。

シエナは静かに言った。彼に信じてもらいたかった。「私はそんな人間じゃないわ」声は低く力強かった。

長い間、ヴィンチェンツォはシエナを見つめていた。激しく心臓が打つのを感じながら、彼女も見つめ返した。

ヴィンチェンツォが目を閉じてシエナを見るのをやめ、また目を開けて見た。その表情は先ほどとは変わっていて、彼女の緊張はほぐれた。彼の口元にはシエナの言葉を信じているかのようにかすかな笑みが浮かんでいた。「言われるまでもないよ」

シエナは目をそらさずに言った。「でも、言う必要はあるんじゃないかしら」

ヴィンチェンツォがうなずいた。「そうだな」彼が視線をそらし、遊歩道を眺めてからシエナに戻した。そして苦笑して言った。「僕たちはまた一歩前に進んだ」

その口調が軽かったので、シエナも同じように返した。自分のためと、ヴィンチェンツォのために。「そうね」彼女は自分の飲み物を飲んだ。

二人のサラダが運ばれてきた。ヴィンチェンツォの皿は巨大で、カニの身がたっぷり使われていた。

「お楽しみください」彼を見ながらウェイトレスが言った。

ヴィンチェンツォは感謝を表すために大きくうなずいただけで、なにも言わなかった。シエナは去っていくウェイトレスのため息が聞こえそうな気がした。彼に見とれていたのはウェイトレスだけではなかった。近くに座っていた二人の女性もさっきからちらちらと視線を送っていた。

理由は明らかだった。あまりにもハンサムな顔立ちと、いかにもイタリア人らしい雰囲気という組み合わせに女性なら気づかずにいられないからだ。

カニのサラダに夢中になっているヴィンチェンツォを、シエナは見つめた。服はカジュアルだが、デザインは一流で、とても高価そうだ。オープンネックのポロシャツの胸ポケットには、ミラノの高級ブランドのロゴがある。チノパンもおしゃれだし、普段用のジャケットもすてきだ。

なんて魅力的なイタリア人なの。彼女たちが注目するわけだわ。

シエナは驚きを隠し、自分のサラダに目を向けた。

安全な話題をさがして、彼女は言った。「ライム・レジスはここからだと遠いんだけど、一見の価値があると思うの。その港にはジェーン・オースティンの小説で有名になった高い防波堤があるのよ」

ヴィンチェンツォがいぶかしげに眉をひそめた。

シエナは詳しく説明した。「ジェーン・オースティンの最後の小説『説きふせられて』の重要な場面に出てくる防波堤なの。ヒロインの義弟《おとうと》の妹は、ヒロインが自分の愛する男性と結婚するのを恐れている。それで彼に抱きとめてもらおうとして、防波堤から身を投げて意識不明になるのよ」

「意識不明ってことは悲劇で終わったわけじゃないんだな」彼が皮肉っぽく言った。

「ええ、そう。彼女は回復してヒロインの友人と恋に落ち、結婚するの。ヒロインも愛する男性と結ばれて、めでたしめでたしってわけ」

「安心したよ。小説の中だけでも人生の問題が解決されて」ヴィンチェンツォの声が変わった。「僕たちも努力しないとな。問題が解決不可能に思えても」シエナを見つめる表情は厳しかった。「シエナ、僕は君がしてくれていることすべてに本当に感謝している。僕に歩みよってくれている君に、僕も歩みよれていたらいいんだが。こうして一緒にいる時間が役に立っていると思うかい？」

シエナはヴィンチェンツォの視線を受けとめた。

「ええ、不思議だとは思うけど、役に立っていると思うわ」でも、なんの役に立っているの？　お互いに礼儀正しくふるまい、それぞれの人生について理解する手助けにはなるかもしれない。けれどそれだけだ。私は今でも妊娠しなければよかったと思っているし、ヴィンチェンツォに頼らずに子供を育てるために一人でどこかへ引っ越したいと願っている。

ヴィンチェンツォは私を父親の後妻と同類ではと疑っていたものの、今では私が彼のお金に興味がないとわかってくれている。それなら、私が赤ん坊と二人で生きていきたい気持ちも受け入れてくれないかしら？　子供に責任があると思うなら、ときどきは訪ねてきていいし、信託財産も設定すればいい。二人の間の敵意は消えたのだから、それでいいのでは？

シエナは視線をにぎやかな遊歩道へやった。その間もテーブルの向こうにヴィンチェンツォが座っているのを強く意識していた。彼にお金めあてだと思われないためには自立している必要があるし、赤ん坊が生まれたあとは距離を置いておく必要がある。

親密になるのは危険だからだ。

なのにヴィンチェンツォの顔に視線を戻したくなった。その衝動こそが危険だという証拠だった。

ファルコーネ・ホテルでの夜、彼の存在は私にとって危険だった。私たちの間に敵意や非難はなくなったけれど、危険はまだある。

息がとまるくらいすてき――メーガンはヴィンチェンツォのすばらしい顔立ちをそう表現した。ぴったりな言葉だ。彼がここに座って昼食をとっているだけで、まわりの女性たちは振り向かずにいられない。

私はヴィンチェンツォから身を守らなければいけない。彼が私の心に及ぼす悪影響からも。ヴィンチェンツォが私みたいな女との将来を本気で考えているとは思えない。だから私は今していることに――彼と時間を過ごしていることに慣れて、平穏が訪れるのを待つのがいちばん安全だ。それ以上はなにも求めない。求めるわけにはいかない。

危険を招くだけだから。

シエナはひそかにため息をついた。それ以上を望むには、人生はすでに複雑すぎた。私が考えなければいけないのは赤ちゃんのことだけ。

ほかはなにも考えないのよ。

なによりまずいのはあの運命の夜、抵抗できないほどの魅力を放ち、私を現在の状況に追いやった男性の顔を思い浮かべることだ。

9

ライム・レジスはシエナが言ったとおりの町だった。二人はジェーン・オースティンの小説に登場する防波堤に沿って歩き、登場人物がいたとされる階段も見た。防波堤のいちばん先では風が強く、まっすぐ立っていられないほどで、ヴィンチェンツォは彼女の肩に腕をまわして支えた。無意識の仕草だったが、次の瞬間、彼は身を引きそうになった。シエナが緊張して体をこわばらせたからだ。

「君に海に落ちてほしくないんだ」

「たしかにここは風が強いわね」彼女が言った。

シエナの肩の緊張が少しゆるんだ。風が弱まると、ヴィンチェンツォはすぐに腕を下ろした。


二人はしばらく風が吹く海を眺めた。太陽は明るく輝き、海はダイヤモンドのようにきらめいていた。

「よければまた船に乗らないか？」ヴィンチェンツォは尋ねた。数日前にも二人は海岸線を観光する遊覧船に乗った。船首に座って、通り過ぎていく景色の写真を撮るほかの乗客を見ているのは楽しかった。

「今日はちょっと風が強すぎね」シエナが言った。

「かなり海が荒れてそう」

「ではやめておこう」ヴィンチェンツォは言った。

「昼食後は化石さがしをしないか？」ライム・レジスは化石で有名なのだ。

「楽しそうね」シエナがうなずいた。

彼女がまだ礼儀正しいのに、ヴィンチェンツォは気づいていた。だが、それは彼も同じだった。丁寧な態度で接し、失礼のない会話を交わしていた。

二人は町へ向かい、取れたての魚を出すパブで昼食をとった。観光客向けの店とはいえ煤《すす》で黒くなった。

た梁《はり》には趣があり、新鮮な魚はおいしかった。

それから二人は手近な土産物店で化石のガイドブックを購入し、アンダークリフという化石の宝庫と呼ばれる場所へ向かった。隆起した砂浜には岩がごろごろしており、歩くのはむずかしかった。ヴィンチェンツォは慎重に歩を進めるシエナを見守った。腰かけるに適した大きな円形の岩に座るとガイドブックを開き、この場所で見つかる化石について彼女と話した。

シエナが言った。「ここはアンモナイトの岩畳と呼ばれているから、見つかるのはほとんどアンモナイトでしょうね」

その岩畳はとても壮観で、ヴィンチェンツォはゆっくりと言った。「僕たちがこの地球上で過ごす時間がいかに短いか、思い知らされるな」

彼女はしばらく黙っていた。そして口を開いた。

「もっと短いものもあるわ」

ヴィンチェンツォはその声に奇妙な響きを聞き取った。「それはなんだい？」彼は静かに尋ねた。

しかしシエナは首を振り、話題を変えた。

二人は注意深く、あまり遠くへ行かないように歩いた。道すがら化石をさがす人々、ただ散歩をしている人々、犬を連れた人々に出会った。つながれていない大型犬がシエナに飛びかかってきたとき、ヴィンチェンツォは遠慮なく犬を押しやり、イタリア語で叱った。犬は一度吠《ほ》えて離れていった。

「大丈夫かい？」彼はシエナに尋ねた。

彼女は少し震えていた。「ええ、大丈夫」

ふたたび近づいてきた犬は明らかに興奮しすぎていて、ヴィンチェンツォはイタリア語でとまれと命令した。すると、犬がとまって彼の差し出した手の匂いをかいでまた吠えた。それからヴィンチェンツォの手をなめ、飼い主に呼ばれて駆け戻っていった。

女性が近づいてきた。「この子は人なつっこいだけなんです」

「誰もが犬が好きなわけじゃない」ヴィンチェンツォは厳しい声で指摘し、また彼の手をなめはじめた犬に文句を言った。「おまえは恐ろしい獣だ！」

シエナも手を出して犬に匂いをかがせてたしなめた。「飛びかかるのはだめよ」

飼い主が申し訳なさそうにほほえんだ。「ごめんなさい……この子は興奮しすぎるところがあるんです。だけど、飛びかかったのはいけませんでしたね。特にあなたには。予定日はいつですか？」

シエナが驚いた顔をした。

「私は助産師なんです」女性がまたほほえんでシエナに目をやった。「妊娠十六週くらいですか？」

「十七週です」シエナが答えた。

女性の笑みが大きくなった。犬は飽きたのか、ビーチの向こうへ走っていった。「初めての出産ですか？ おめでとうございます！ とても幸せで、わくわくしているでしょうね。でも信じてください」声が温かくなった。「生まれてきたらもっと大喜びできますよ！ 特別な時間ですから、一瞬一瞬を楽しんでくださいね」

「ありがとう」ヴィンチェンツォは言いにくそうに礼を述べた。シエナは無言だった。

歩き出した女性がふたたびとまった。「犬は遠ざけておきます。とはいえ、このビーチは石だらけですから気をつけてくださいね」

女性が愛犬を呼んで去っていくと、しばらくの間、ヴィンチェンツォとシエナは黙りこくった。彼女の顔には今まで見たことのない表情が浮かんでいた。

「ほかの人には喜ばしく見えるのね」シエナが硬い声で言った。「家族になろうとしている普通のカップルに。本当はカップルでなくても、家族になんてなれるわけがなくても」そしてそろそろと歩きはじめた。その肩には力が入っているように見えた。

シエナの背中を見つめながら、ヴィンチェンツォの胸は締めつけられた。あの運命の夜、彼女は僕に今までにない欲望を抱かせた。それはとても強烈で、僕はただのみこまれた。決してあってはならない事態だった。しかし僕は情熱の炎に身を任せ、欲求を満たした。

なのに今自分から離れていくあの女性を、僕はかつて無慈悲に追い払ってしまった。そして一夜だけの過ちとして忘れようとした。

彼は早足で歩き出した。頭の中には、気をつけてとシエナに注意した助産師の声が響いていた。

僕の欲望をかきたてたシエナと、僕の子を身ごもったシエナ。二人が同一人物なのが信じられない。どうしたらそんなことがありえるんだ？　以前の僕たちは肉体的に親密だった。だが、そのときは見知らぬ者同士でしかなかった。

それなら今は？

肉体的な親密さはなく、情熱の炎が燃えあがることもないが、もはや見知らぬ者同士ではない。では、僕にとってシエナはなんなんだ？

疑問はいつまでも消えなかった。答えなければならないのに、ヴィンチェンツォは答えられなかった。

シエナは小さな鉄細工のテーブルにつき、今朝買ったばかりのスケッチブックと水彩色鉛筆を手にしていた。描いているのはホテルの庭園とその向こうに広がる海だった。

ヴィンチェンツォは部屋で会社と連絡を取り、仕事の進捗状況を確認していた。二人がここに来て一週間がたとうとしていた。緑豊かなデヴォンやドーセットの田園地帯や風光明媚《めいび》な海岸を観光したり探索したりして、日々は坦々《たんたん》と過ぎていった。

日に日に彼に接するのは楽になっている、とシエナは思った。つまり、私たちは目的を達成しつつある。有害な敵意はやわらいでいるのだから。

でも、私の中にはまだ緊張がある。ヴィンチェンツォを意識せずにはいられず、あってはならない欲望をかきたてられてしまうせいだ。どんなに抑えようとしても無理だった。

シエナは鉛筆の先を水にひたし、スケッチに集中し直した。また絵を描けるのがうれしかった。本格的に描いているわけではなくても、じゅうぶんに楽しめた。

妊娠によって二度目の進学の望みも絶たれてしまったという、なじみの後悔の念に襲われても気にするまいとした。できないことをくよくよ考えてなんになるというの？　彼女は目の前の花を描こうと真紅の色鉛筆に手を伸ばした。

「とてもいい」

背後から、ヴィンチェンツォのアクセントのある低い声が聞こえた。

シエナは振り向いて、静かに息をのんだ。

日差しはまぶしく、ヴィンチェンツォが対策を講じるのは当然だった。それでも驚かずにいられない。ああ、なんてこと。男性とサングラスの組み合わせはずるすぎる。サングラスはどんな無愛想な男性でも二度見する相手に変えてしまう。それなら、ヴィンチェンツォみたいな男性がサングラスをかけるとどうなるかというと……。

彼女はそれ以上考えるのをやめた。いいこととは思えなかった。

遅ればせながら彼に話しかけられていたのに気づいて、声が普通でありますようにと祈りつつ答えた。

「あの、ありがとう」

ヴィンチェンツォがシエナの背後からスケッチを見た。「いいね」彼がもう一度言った。「才能がある」

シエナはかすかにほほえんだ。気まずい話題だった。「描くのは好きなの。でもそれだけよ」

ヴィンチェンツォが軽く首を振った。「才能は伸ばされなければならない」いぶかしげな視線をシエナに向ける。「君は自分がこれまでなにをしてきたのか、僕に話したことがなかった。もしかしてこれが原因だったのか？」疑わしげな声で問いかけ、スケッチブックを手で示した。

シエナは息を吸った。どうして内緒にするの？少し前まではヴィンチェンツォには関係ないから、自分のことはなにも知られたくない、あんな仕打ちをした相手には二度とかかわりたくないと思っていた。でも今は言わない理由がなかった。

「私は絵の勉強をするつもりだったの。ロンドンでメーガンのところにいたのもそのためだった。この秋から美術学校へ入る予定でいたのよ。赤ちゃんができてだめになってしまったけど……」声に動揺がまじるのをとめられず、肩をすくめた。「でも大丈夫。前にも一度、あきらめたことがあるし――」急に口をつぐんだ。

「なぜだ？」ヴィンチェンツォが顔をしかめて尋ねた。しかし、シエナは話したくなかった。

つらすぎるから。

彼女は立ちあがると、水彩色鉛筆を片づけて瓶の水を草にかけ、スケッチブックをかかえた。「仕上げるのはあとにするわ。そろそろ昼食よね？」

ヴィンチェンツォがその言葉にのってくれたのはありがたかった。彼はシエナとともに屋内へ向かった。

「充実した朝だった？」声が明るくなりすぎないよう気をつけて、彼女はきいた。

ありがたいことに、ヴィンチェンツォはその質問の意図もくみ取ってくれた。「ああ。これでしばらくは問題ないよ。午後はなにをしたい？」

昼食後、二人は海岸に沿ってさらに西へ行ってみることにした。イギリス海峡の美しい景色を眺めながら田舎の小道に車を走らせたあとは、谷間に見つけた茅葺《かやぶ》きの古風なティールームで紅茶とスコーンを楽しんだ。それはこれまでと同じ、のんびりとした気楽なひとときだった。

ここに来たのはそのためだ、とシエナは思った。不本意な状況に追いやられた二人が敵意を抱かず、礼儀正しく折り合いをつけるためだ。

それ以外の理由はない。

道を戻るとき、シエナはヴィンチェンツォを見た。車を運転する彼の視線は曲がりくねった道にそそがれ、ハンドルに置かれた手は力強く、顔は半分しか見えなかった。

でも、もしここにいる理由がほかにもあったとしたらどうなるかしら？

私たちが一緒にいるのは、そうしたかったからだとしたら？　関係を複雑にする赤ん坊はいなくて、ヴィンチェンツォと恋人同士だったとしたら？　もしあのパーティで出会ってすぐベッドへ行ったりせず、ゆっくりとお互いを知って徐々に気持ちを通わせていたとしたら？　それで今のように時間を過ごしていたら？　体を重ねて関係を始めるのではなく、まずは親しくなることから始めていたらどうなっていた？

でも、そのどれも現実ではなかった。

現実だったらよかったのに。シエナは胸が締めつけられた。視線をヴィンチェンツォから、通り過ぎていく田園風景に戻す。心は重苦しく、喪失感を覚えていた。

私がヴィンチェンツォとここにいるのは、彼の子を妊娠しているからにほかならない。

それ以外の可能性はない。

なにもかも手遅れなのだ。

ヴィンチェンツォは車のアクセルから足を少し離した。この曲がりくねった田舎道には樹木が育ちすぎた生け垣や見通しのきかないカーブがあるので、スピードを出せなかった。しかし緑豊かで起伏に富んだ土地では羊や牛がのんびりしており、村々は趣があって絵のように美しかった。

この一週間、こうしてあちこちを観光してまわるのはとても楽しかった。

目的も達成できた。

彼は隣に座るシエナに目をやった。彼女は窓の外を見つめている。その姿には自然な美しさがあった。わずかな間視線をとどめてから、ヴィンチェンツォはふたたび曲がりくねった道を見た。しかし、シエナについて考えるのはやめられなかった。彼女のどこがそうさせるのだろう？　美しい女性ならほかにも知っているが、シエナにはなにかある……。

あの夜、ファルコーネ・ホテルで見たドレス姿の彼女からはわからなかったなにかが。

髪を一つに束ね、半袖のコットンのシャツを着てゆったりとしたコットンのパンツをはき、化粧をしていなくても、僕はシエナから目を離せない。輝くように美しいからだ。

おそらく妊娠しているためだろう。

もしそうならうれしいが。

ヴィンチェンツォはそこで考えるのをやめ、代わりに口を開いた。話題は安全なものを選んだ。「今夜はホテルで食事をしようか？　地元で生産されたもので構成されたメニューで、ちょっとしたイベントらしいんだ。どうかな？」彼はまたシエナをちらりと見た。彼女は窓の外を眺めるのではなく、こちらを向いていた。

「よさそうね。ドレスアップが必要かしら？」

「フォーマルじゃなく、スマートカジュアルくらいでいいと思う。僕もネクタイはしないつもりだ」

「それなら、いいものがあるわ。今朝、画材を買った店の隣に小さなチャリティショップがあって、ショーウィンドーにたった五ポンドのサマードレスが飾ってあったの。ウエストにはゴムが入っていたから、おなかが大きくなっても着られそう」

「ぴったりだな」ヴィンチェンツォは賛成した。礼儀正しく話していたが、普段着のトップスやパンツよりももっと魅惑的な服を着ているシエナを見たかった。理由は——。

彼はそれ以上考えるのをやめ、視線をそらした。運転に集中し、シエナとここにいる目的を反芻《はんすう》する。許されるのはそれだけだった。

彼女が我が子の母親だから。ほかにはない。

しかしその言葉を繰り返し自分に言い聞かせながらも、ヴィンチェンツォは日を追うごとに違う真実もあるのに気づいていた。

シエナが欲しいからだ……。

「ありがとう。だが少しでいい」ヴィンチェンツォがきっぱりと手を上げて断った。

シードルの生産者がいたずらっぽくほほえみ、食事が終わった二人に琥珀《こはく》色のリンゴのブランデーを差し出した。「飲んでみてください」口調は期待に満ちていた。

彼が従うと、喉が焼けるように熱くなった。あえてアルコール度数は考えなかったが、かなり強そうだった。「とてもおいしい」その言葉に、生産者の女性が顔をほころばせた。

「コニャックの樽《たる》で十年熟成させたものなんです。もしご興味があれば、ホテルで買えますよ」

「考えておくよ」

女性がほほえみ、シエナに目を向けた。「いかがですか？」期待をこめてきく。

「アルコールは飲めないんです」シエナは残念そう

に言った。

「そうですか」女性は名残惜しそうに去っていった。

シエナはヴィンチェンツォを見た。「どんな味だった？　リンゴのブランデーなんて聞いたことがないわ」

「強い酒だった」彼が答えた。「とてもおいしかったが。酒を造る生産者がたくさんいるんだな」

「デヴォンはシードルで有名だから。でも生産自体は新しいの。あなたがさっき飲んだものも味見したかったわ。子羊肉のソースに使われていたブラックベリーのビネガーは最高だった。どの料理も本当にすばらしかったわ！　あなたの口にも合ったのならよかったけど」

「すばらしかったよ」ヴィンチェンツォが言った。

彼は本気で感嘆していた。さまざまな独創的な料理が提供されており、地元の生産者を紹介するにはもってこいだった。ダイニングルームは満席で、今はデザートが提供されていた。別の生産者が、今度は手作りのチョコレートトリュフをトレイにのせてやってきた。

「これは食べられるわ」シエナはうれしそうに言って二つ取り、自分用にひと箱買うと相手に約束した。

ヴィンチェンツォはリンゴのブランデーを持って椅子にもたれ、トリュフを頬張って幸せそうに目を閉じている彼女を見つめた。その時間は少し長かった。普段の夕食より多く飲んでいるのは自覚していた。花やハーブを入れたジンのカクテルも、食事と一緒に出された辛口の白ワインも、そして甘いデザートワインも、まろやかだが度数の高いリンゴのブランデーも断りきれなかった。

そのせいで自制心が揺らいでいた。

これは危険だ。

彼はシエナの顔に目をやった。記憶がよみがえり、現在の姿に過去の姿が重なった。

とても危険な過去の姿が。

ヴィンチェンツォはデヴォンのホテルでシエナと向かい合って座り、夜遅くまでゆっくりと食事をした。快適なひとときによって食欲は満たされていた。

別の欲望は違ったが。

性的な欲望がわきあがってきて、全身に広がっていくのを感じる。

彼はシエナにまた視線をやった。着ているサマードレスはチャリティショップで買ったもので、あの夜、ファルコーネ・ホテルで着ていたようなブランド物のドレスではなかった。襟元はスクープネックでキャップスリーブがついていて、肩はレースの羽織り物におおわれ、青い花柄が瞳の色を引きたてている。髪は下ろしているが、頭の両脇の部分だけ小さなヘアクリップでとめて、やわらかい耳たぶを出していた。

ヴィンチェンツォはまたゆっくりとブランデーを口にした。椅子にもたれたまま指でグラスの縁をなぞりながら、目を細めてシエナを見つめつづける。

そうしていると、彼女が欲しい気持ちがこみあげてきた。

いや、自分を甘やかすな。背筋を伸ばし、シエナから目をそらして、この場をなごませる言葉をかけるんだ。

しかし、ヴィンチェンツォはどれもしなかった。

彼は慎重になるべき理由を残らず考えようとした。シエナを見つめるたびに、彼女と過ごしたあの情熱的な夜を思い出すたびに繰り返していた理由を全部。それらは正当な理由だと頭は理解していた。

なぜなら僕たちの状況は複雑で、不安定で、前例がないからだ。危うい部分が多すぎるので、一歩一歩慎重に歩まなければならない。

ところが今、ヴィンチェンツォはそんなことを考えたくなかった。ただ自分がしていることを続けたかった。視線をシエナに向け、その姿を堪能したかった。

目はシエナの襟ぐりをとらえていた。ことさら大きく開いているとは言えないが、胸のふくらみはのぞいている。前よりも豊かになっているようだ。ヴィンチェンツォは目をさらに細くし、ブランデーをもう一度ゆっくりと味わった。彼女の体全体も丸みをおび、より豊満になっていて、これまで以上に美しかった。

欲望がわきあがり、熱い血とともに体を駆けめぐるのを感じた。

シエナがチョコレートトリュフをのみこんで目を開けた。

そしてヴィンチェンツォをまっすぐに見つめた。

10

シエナは全身の骨がとけ、周囲の景色が消えていき、世界全体が蒸発したかと思った。存在するのはこちらを見つめるヴィンチェンツォのまなざしだけだった。その視線は彼女を焼きつくそうとしていた。

次の瞬間、情熱の一夜の記憶がよみがえり、シエナは頬を染めた。そして同じ速さで顔色を失った。

あの夜と同じだ。長いまつげが伏せた目を隠していても、はっきりとヴィンチェンツォの望みは伝わってきた。あのときの彼はファルコーネ・ホテルでのディナーを終えたところだった。ヴィンチェンツォはシエナを見つめながら立ちあがると、手を差し出し、官能的なまなざしに魅入られたように彼女はそこに自分の手をのせた。

同じことがまた起こっていた。

シエナは命取りになる弱さが自分の中に生まれているのを感じた。

私はその弱さと闘わなければならない。つけ入る隙など与えてはいけないのだ。まずはノーと言わなくては。なによりもそうする必要がある。どうしてまた前と同じことが起こるの？　今度こそは心を強く持って拒否するのよ。

けれど、彼女にはそこまでの気力がなかった。

じっと見つめる細められたヴィンチェンツォの目から、シエナは視線をそらせなかった。動けない体が熱をおびていくのをどうすることもできない。

そのとき、隣で声がした。「コーヒーはいかがですか？」ウェイトレスがコーヒーポットを手に礼儀正しくほほえみかけていた。

シエナは必死にそちらへ振り向いた。「あの……その……紅茶かミントティーはありますか？」

しどろもどろの言い方になっていたに違いない。

シエナは落ち着きを取り戻し、わきあがる欲望を抑えるのに必死だった。

「すぐにお持ちします」ウェイトレスが笑みを返してヴィンチェンツォに目を向けた。「コーヒーはいかがですか？」

「ありがとう」彼が言った。返事は反射的だったが、視線にはもはやすべてをとかすような熱はなかった。

シエナは高鳴る鼓動と頬の紅潮をなんとかしたかった。

ウェイトレスがヴィンチェンツォのカップにコーヒーを注《つ》いだ。ミルクを勧めて断られると、彼女は隣のテーブルに移動していった。

シエナは安全な話題はないかと頭をめぐらせた。危険だった先ほどの瞬間から離れたかった。

いいえ、そのことは考えないで。想像しないで。

絶対にだめ。手遅れになるから……。

とっさにシエナは立ちあがった。「やっぱりミントティーを飲むのはやめるわ。長い一日だったからもう休むわね。リンゴのブランデーを楽しんで。夕食をごちそうさま」口調はたどたどしかった。しかし、それが精いっぱいだった。

思っている以上に努力して笑みを浮かべ、向きを変えてダイニングルームのドアを早足でめざす。そうしなければならない。それ以外のことは危険すぎるから。けれど、その間にも足音が追いかけてきた。

ヴィンチェンツォはリンゴのブランデーを飲みほして立ちあがり、シエナを追いかけた。彼女はエレベーターの前でとまった。僕から逃げようとしているが、そうはさせない。

エレベーターの磨かれた扉に映るシエナは、いつにも増して美しかった。肩をおおう長い髪も、レースの羽織り物も、サマードレスのやわらかなドレープも、ほっそりしたふくらはぎも、むき出しの腕もとても美しい……。

シエナに近づくと息が苦しくなった。追いかけてきたヴィンチェンツォに気づいて、彼女がぱっと振り向いた。

「部屋まで送るよ」彼は言った。その声はかすれている。理由はわかっていた。シエナの目は大きく見開かれていて、そこには不安と、それとはまったく別のなにかが浮かんでいた。

「い……いいえ……大丈夫……本当に」

ヴィンチェンツォはシエナの言葉を無視した。エレベーターの扉が開き、彼女が乗りこむと、ヴィンチェンツォはあとを追った。心臓は激しく打っている。彼はめざす階のボタンを押した。自分の部屋は廊下の奥だったが、シエナの部屋はエレベーターに近かった。めざす階に着いたシエナがハンドバッグの中の鍵をさがしながら足早にドアに向かう。ヴィンチェンツォは彼女に近づいた。

彼はなにも言わなかった。そしてシエナが旧式の鍵でドアを開けたとき、先ほどよりもかすれた声で彼女の名前を呼んだ。

シエナが振り返った。大きく見開かれた目は瞳孔が開いていた。「ヴィンチェンツォ……」声は消え入りそうに小さい。「だめよ……いけないわ……」

ヴィンチェンツォは気にしなかった。シエナがドアを開けると、手を差し出した……。

シエナは凍りついた。ヴィンチェンツォが彼女のうなじを手で包み、低い声でまた名前を呼んだ。それから目が閉じられ、唇が重なった。

ヴィンチェンツォの唇はベルベットのようで、やわらかく誘惑に満ちていた。唇で唇をかすめながら彼がシエナを引きよせ、部屋へ入る。ヴィンチェンツォがドアを閉めると、彼女の中で無数の感覚が爆発した。立っていられなくなり、体を支えるために彼に腕をまわした。

キスが深まり、シエナは唇を開いた。ヴィンチェンツォが低い声でなにか言ったが、その言葉は母国語だった。部屋も世界も消え、存在するのはヴィンチェンツォ一人という気がする。彼はシエナをベッドへ運び、一緒にそこに横たわった。その間、二人の唇は一度も離れることがなかった。

シエナは我を忘れ、別人になった気分だった。今は甘美な喜びこそが現実であり、切望するすべてだった。

けれど、今回は前とはまったく違うのに頭のどこかで気づいていた。あのときは切迫した情熱の炎が燃えあがり、激しく白熱して、互いが互いを糧として求めていた。それ以外のことをする余裕はなかった。二人は服をはぎ取り、奔放に親密に呼び覚まされた快楽をむさぼった。

今回は荒々しさも飢えた衝動もなかった。ヴィンチェンツォは唇と指と舌とてのひらでシエナの美しい体を称賛した。唇と舌は彼女のなだらかな体を官能的にやさしくなぞり、てのひらは胸を包みこんで愛撫《あいぶ》した。

暗い部屋の中で二人の服はあっという間に取り払われ、シエナはヴィンチェンツォに身をゆだね、お返しに彼を求めた。ヴィンチェンツォの引きしまった長身が密着すると、彼女の体は自然に寄り添った。言葉はなく、シエナの胸や喉や唇にキスをする彼がくぐもったイタリア語をつぶやくだけだった。

のぼりつめたシエナは、ぬくもりと甘美な喜びの中にいた。歓喜は彼女の体の中心から全身、さらには指先にまで蜂蜜色の輝きを放ちながら広がっていき、口からやわらかな声がもれた。

それから、ヴィンチェンツォが自分の中に入ってくるのを感じた。押し広げられた体が脈打ち、彼をさらに深く包みこんでいくのがわかる。喜びは永遠にも思えるほどいつまでも続いた。

すべてが終わったとき、シエナの頬にはとめどなく涙が流れていた。


ヴィンチェンツォは身じろぎした。眠りから徐々に覚め、意識が覚醒していく。カーテンは前夜から引いていなかった。彼は腕をダブルベッドに伸ばした。

誰もいない。

瞬時に目が冴《さ》え、部屋をさがした。やはり誰もいない。浴室のドアが開いていて、そこも空っぽなのが見えた。

ヴィンチェンツォはベッドから体を起こした。

「シエナ?」声は鋭く切迫していた。

返事はなかった。気配もない。

シエナは出ていったのだ。

ヴィンチェンツォは枕に背中をあずけ、窓の外を見つめた。心臓は激しく打っている。

脱ぎ捨てたジャケットのポケットに入っていた携帯電話が、ベッドの近くの床に落ちる音がした。即座に彼は電話を手に取った。シエナからメールが届いていた。

メールを読んで顔をしかめると、乱れた上掛けに携帯電話を放った。しかし、文面は脳裏に焼きついていた。

〈私には無理。ごめんなさい。ごめんなさい〉

シエナはロンドン行きの列車にいた。車輪のリズムに合わせて、頭の中に何度も同じ言葉がぐるぐるまわる。ごめんなさい、ごめんなさい、ごめんなさい。

彼女はヴィンチェンツォより先にロンドンに着いて、彼が用意してくれた部屋へ行き、必需品をまとめて出ていかなくてはならなかった。ヴィンチェンツォが荷造りをしなければ、私がデヴォンに持っていった服はホテルのメイドが荷造りしなければならないから時間が稼げる。私の小さなスーツケースと買ったばかりのスケッチブックと水彩色鉛筆は彼が持って帰るか、私に送るしかない。

でも送り先はどこ？

頭の中に新たな疑問が生まれた。

私はどこに行けるの？

わからなかった。けれど答えを見つけなければならない。そうしなければ……。

ヴィンチェンツォはミラノにいた。そのほうがよかった。もはやイギリスにいる意味はなかった。シエナの気持ちがはっきりとわかったからだ。彼女の居場所は知っていた。連絡がないわけではなく、シエナは毎月、助産師との面会についてや近況報告を送ってきた。妊娠は順調そうだった。

それだけがヴィンチェンツォに許されたすべてだった。彼女に時間と距離を与えることだけが。

シエナは僕からほかになにも望んでいない。

胸に刺すような痛みが走ったが、押し殺した。

僕は彼女の望みを受け入れるしかないのだ。

同時に尊重しなければならない。できるのは今していることだけ――シエナを放っておくことだけだ。彼女が希望する形で。

それまでは……。

シエナがいいと言ったら会いに行こう。そしてそばにいるのだ。

ヴィンチェンツォは自分にそう言い聞かせた。

11

シエナはキッチンの窓から小さなテラスハウスの裏庭を眺めつつ洗い物をしていた。夏は別荘として使われているこの家を、彼女は冬の間借りていた。裏庭ではコマドリとクロウタドリが飛びまわっている。もう少し餌をまいておこう。

庭に面した裏口に向かってゆっくりと歩く。鳥の餌をすくい、裏口の向こうの舗装された場所にまくと、おなかの中で胎児が回転した。シエナはしばらくじっとして動きを感じた。

出産予定日は近づいていた。あと何週間もない。

彼女はもの思いにふけりながらまたゆっくりとシンクに戻り、電気ケトルのスイッチを入れた。紅茶を飲めば時間をつぶせるだろう。スケッチをしてもいい。ときどき少しは描いていたけれど、集中できずにいた。セルコム・ホテルで描いた庭園と海の風景画はまだ完成していない。そのことは考えたくなかった。あそこでの悲惨な結末は思い出したくなかった。

胸が苦しくなった。ロープが引っぱられて結び目ができたような感覚だった。

一人で厄介事をかかえるのはもうやめたほうがいいんじゃない？

シエナはなにも考えたくなかった。ヴィンチェンツォのもとを逃げ出してこの小さな家に避難する間も、頭の中を空っぽにしようと必死だった。

でも、ここにいるのはつかの間だけだ。まもなく、私はまたヴィンチェンツォに会わなければならない。どんなに会いたくなくても、子供の父親は拒絶できない。

昔、ヴィンチェンツォに投げつけた言葉が脳裏に強烈によみがえった。〝あなたと手錠か鎖でつながれているみたいな気がするの〟

なんという皮肉かしら。私が彼にかかわりたくなかったのは怒りを抱いていたからだ。でも今は……。

電気ケトルのスイッチが切れ、シエナはキッチンの窓の外をぼんやりと見つめた。外では小鳥たちが餌をせっせとついばんでいた。ふたたび刺すような痛みに胸が苦しくなる。耐えがたいけれど、耐えなければならない。ほかにできることはない。私はあまりに愚かな過ちを犯してしまったのだ。

それは妊娠じゃない。全然違う。

苦悩に満ちた声が口からもれ、シエナは窓から顔をそむけると、手を唇にあてて目に涙を浮かべた。

どうしたら耐えられるの？

答えはわからなかった。

ヴィンチェンツォは車を道路の端にとめてエンジンを切った。小さなテラスハウスはイースト・アングリア地方の観光地として人気がある町の郊外に立っていた。シエナから新しい住所を聞いたとき、彼はインターネットでその家について調べた。それから費用を払うと申し出たが、拒否された。シエナはどんな金銭的な援助も受け入れなかった。

彼は緊張していた。簡単ではないが、やらなければならない。出産予定日は迫っている。だからシエナの隣の家を借りたのだ。彼女の役に立ちたくて。

決然とした顔で車から降り、シエナの家の前に立ってドアノッカーを鳴らした。彼女はヴィンチェンツォが来るのを知っていた。ロンドンを出発する前にメールを送ったからだ。町に着いたときも、車をとめてこれから向かうと知らせた。

返信は短かった。〈わかったわ〉

彼は唇を引き結んだ。わかったとはなにがだ？

しかし、できることはなにもなかった。シエナが望むこと以外は。彼女の決断を受け入れる以外は。

ドアノッカーの音を聞いて、シエナは緊張した。しばらくじっとしていたけれど、それからテレビを見るために座っていた肘掛け椅子から腰を上げた。立ちあがるには時間がかかった。思い悩みながら居間を出て、玄関のドアに向かう。

ヴィンチェンツォは冬の夕暮れを背に立っていて、シエナが胸が締めつけられた。久しぶりに現実の彼を見て頭がくらくらした。

相手はしばらく動かなかった。たぶん最後に見たときと今の私がどれほど違うか観察しているんだわ、とシエナは思った。「象みたいになってるって言ったでしょう？」声を平静に保って話しかけた。

「そんなことはない」ヴィンチェンツォの声も平静だった。「だが、予定日が近そうだ」

ヴィンチェンツォが中へ入ってきた。廊下は二人がやっとすれ違えるほど狭く、彼の腕が体をかすめると、シエナは身を硬くした。一瞬、ベッドでの記憶がよみがえってきて気を失いそうになった。

思い出してはだめ。

危険すぎるし、無意味すぎるから。

ヴィンチェンツォは私のためにここに来たわけじゃない！　彼が来たのは、私が出産間近だからにほかならない。それ以外の理由はないのよ。

私もそれ以外の理由をさがしてはいけない！　そんなものはあってはならないのだ。

今はヴィンチェンツォに合わせなくては。

「まだあと二週間はありそうなの」小さな居間に足を踏み入れた彼のあとを歩きながら、シエナは言った。「そんなにかからないことを願うわ。早く終わってほしいもの」

ヴィンチェンツォが彼女のほうを振り向いた。

「ここまでのドライブはどうだった？」シエナは考えてもしかたないことから注意をそらすためにきいた。「世界でいちばん来やすいところではなかったでしょう」

「問題なかった。カーナビがあったからね」ヴィンチェンツォが彼女を見つめた。「調子はどうだい？」

「いいわ。足首が少しむくんでるけど――」

「それはよくない！」彼が顔をしかめ、鋭く返した。

シエナは首を振った。「正常な範囲内だし、子癇《しかん》前症の兆候じゃないわ。数値に異常はなかった。今朝、助産師さんに診てもらったけど、なにも問題なかったの。週のなかばまでに陣痛がこなかったら、またようすを見に来てくれるそうよ」ヴィンチェンツォに騒がれたくはなかったので続けた。「コーヒーでもいれましょうか？　この家にはカプセル式のコーヒーメーカーがあったの。でも、あなたの口には合わないかもしれないわね。キッチンへどうぞ」

シエナはよたよたとしか歩けなかったけれど、どうすることもできなかった。まるで子犬を撫《な》でるような手つきで大きくなったおなかに触れた。

あなたのせいじゃないわ。なに一つ。あなたが生まれるのは当然の権利なのよ。

「コーヒーの種類がいろいろあるの」彼女はそう言って、調理台に置かれたコーヒーメーカーの横にある箱を開けた。「カフェイン抜きのものは全部使ったわ。私はミントティーをいれるわね」

シエナはもう一度電気ケトルに水を入れた。海辺のホテルでとったディナーの最後にもミントティーを頼んだけれど、結局飲まずに終わった。

代わりに私は逃げ出した。

そうせざるをえなかった。

でも、結局は無駄な行動だった。

彼女は思い出すのをやめた。意味がない。

ヴィンチェンツォがコーヒーを選ぶ間、シエナはその場から離れた。初めておなかが大きいことがうれしかった。デヴォンのホテルでの夜とこれ以上違う姿はない。あれから妊娠はさらに進み、体型はすっかり変化していた。

悲惨なくらいに。

シエナはふたたび思い出すのをやめた。過去を振り返ってはいけない。ヴィンチェンツォが今ここにいるのがどんなにつらく耐えがたいことだとしても、私は耐えなければならないのだ。彼にはここにいる権利がある。

私の人生がめちゃくちゃになっているのはおなかの子のせいでもなく、ヴィンチェンツォのせいでもない。妊娠がわかった日に想像していたよりも、ずっとひどい状態なのは。

苦悩がまたしても戻ってきた。

電気ケトルのスイッチを入れて、シエナは深呼吸をした。

ヴィンチェンツォもコーヒーメーカーのスイッチを入れて振り向いた。「よかったら、今夜一緒に食事をしないか?」慎重に切り出す。

シエナは首を振った。「このごろは疲れやすいし、休むのも早いの。広場のパブに行ってみて。地元の基準からすればかなりおいしいはずだわ」

「ありがとう、行ってみるよ」彼の目に表情はなかった。「シエナ、大丈夫かい? 体のことだけじゃなく――」

「私は元気よ」彼女はヴィンチェンツォの横を通り過ぎた。ヴィンチェンツォの声は心配そうだったけれど、無視した。よそよそしくしていないと、彼が目の前にいる事実に対処できなかった。「さっきも言ったように、ただ早く終わってほしいだけだわ」

ヴィンチェンツォがうなずいた。「わかるよ」少し間を置いて続けた。「君の出産計画について教えてくれないか? 君が許してくれるなら、近くにいたいんだ」

シエナは不安な顔になった。「ど……どうしようかしら。分娩《ぶんべん》中に病院にいたいなら、かまわないと思うけど。出産計画については、まあ、ほかの人と同じね。痛みは緩和してほしいとは思ってる。それ以外はなりゆきに任せるわ。入院に必要なものを入れたバッグは寝室のドアの脇に用意したの」

電気ケトルで湯がわくと同時に、コーヒーメーカーの動作も終了した。ヴィンチェンツォがコーヒーポットに手を伸ばした隙に、シエナは二つのスイッチを切り、ミントティーをいれた。こういう状況で彼と一緒にいるのがひどくつらかった。

これ以上私がだいなしにしなくても、もうじゅうぶんめちゃくちゃでしょう?

また胸が痛くなった。なぜ私は一度も望んだことのない、信じられないほど最悪だった状況を、より悪くしてしまったの?

「シエナ？」

ヴィンチェンツォの声に彼女は驚き、急いでミントティーを手に取った。「居間へ行きましょう」重い足取りでキッチンを出ようとした。

「大丈夫なのか？　顔色が悪いが」

彼の声はやはり心配そうで、シエナはふたたび胸が痛くなった。「疲れてるだけ」彼女は居間の肘掛け椅子のところまで行き、もの憂げに腰を下ろした。

「コーヒーを飲んだら、すぐに失礼するよ」ヴィンチェンツォが言った。

シエナは感謝した。彼のそばにいるのはとてもつらい試練だった。

でも、ヴィンチェンツォと会うことには慣れないといけない。努力しないと。

彼が肘掛け椅子の向かい側のソファに腰を下ろし、片方の長い脚をもう一方の脚に重ねた。シエナはその姿を見つめたかった。満足するまでそうしたかった。

でもできない。この男性は私のものじゃないからだ。彼は私と一緒に赤ん坊をつくった人で、興味があるのは我が子だけ。それを忘れてはいけない。

ミントティーをひと口飲んだシエナは、ヴィンチェンツォがなにか話しているのに気づいた。

「週末になにかしたいことはあるかい？」

「特にないわ」無関心なふりをしたいわけではなかったけれど、出産予定日が迫っているのだ。

「そうか」ヴィンチェンツォの声は用心深く、思わせぶりで、目は注意深く彼女を見つめていた。「二人で車に乗って出かけたらどうかなと思ったんだ。だが無理はしないでくれ」言葉を切った。「君はこの地方の田舎で育ったと言っていたな。だからここを選んだのか？」

「そうね」シエナは答えた。「この地区の病院の評判はいいし、妊娠中どこかに落ち着く必要もあったし。今後どうするかはまだわからないけど……」

声がとぎれた。ヴィンチェンツォの視線を感じたシエナは、あまり見つめないでほしいと願った。

「それでも僕は力になりたい――」彼が口を開いた。

「いいえ」彼女の声がこわばった。「ヴィンチェンツォ、お願い。赤ちゃんが生まれたら、私は自力で生きていく必要があるの。私なりの方法で対処する必要が」子供を育てるだけでなく、もっと多くのことについても……。

シエナはため息をついた。すべてがめちゃくちゃだ。最初から最後までそうだった。ヴィンチェンツォはなんとかすると言ったけれど、結果は変わらなかった。

途方もない切望が胸にこみあげた。なんて悲惨なのだろう。私が望まぬ妊娠をした結果、かわいそうな小さな赤ちゃんはこんな混乱の中で生まれてくる。両親はどちらも出産を歓迎するどころではなく、問題か厄介事としか見ていない。

そのうえ今はさらに――。

シエナは考えるのをやめた。思い悩んでなんになるの？　私はなんとかしなければいけない。ヴィンチェンツォの存在に慣れなければいけないのだ。それ以外になにができる？

彼とはこの先、何十年も顔を合わせるのだから。そんな長い年月については考えたくもないけれど。

「だけど」彼女は自分の声が言うのを聞いた。「明日はドライブに行ってもいいかもしれない」

ヴィンチェンツォの表情が変わった。少し明るくなったが、慎重なのは変わらなかった。「天気がよければそうしよう。出発は十一時でいいかい？　車でどこかに出かけて、昼食をとって、それから戻るのはどうだろう？　どこに行きたいか考えておいてほしい。イースト・アングリア地方は詳しくないから案内してもらえるとうれしいな」

ヴィンチェンツォがコーヒーを飲みほし、カップを持って立ちあがった。「これ以上は君のじゃまをしないよ。いや、座っていてくれ。勝手に帰るから」

「ありがとう」ぶざまに立ちあがらなくてすんでほっとした。

狭い廊下に出る前、彼が立ちどまって振り返った。「なにかあったら、いつでも電話してほしい――」

「私は大丈夫だから」シエナは言った。

しばらくヴィンチェンツォは謎めいた視線を彼女にそそいでいた。そして最後にうなずいてつぶやいた。「おやすみ」

シエナは一人取り残された。

私は一人きり……。

目から涙があふれた。泣いても無駄なのに……。

ヴィンチェンツォはシエナの家のドアノッカーを鳴らした。その日は春を予感させる快晴だった。田舎をドライブするには絶好の日で、彼はシエナが同意してくれたのがうれしかった。昨日の彼女はあまり元気がなかった。病気ではなさそうだったが、どことなく精彩を欠いていた。

海辺のホテルでのシエナは自然で気取らない美しさで輝いていたが、昨日はその輝きが消えていた。もちろん臨月なのでおなかは大きかったが、ほかにもなにかあった。疲れきっているというより、だるそうだった。

ヴィンチェンツォは顔をしかめた。うつ病なのだろうか？　シエナは出産予定日を心待ちにしている一方で、その顔に喜びはなかった。

彼の顔が曇った。それは僕も同じだ。

どうして喜びがあるというのだろう？

暗澹《あんたん》たる気持ちになった。最悪だ……。

玄関のドアが開き、シエナが現れた。

「準備はいいかい？」ヴィンチェンツォは無理に軽い口調で問いかけた。

彼女がうなずいた。膝丈の中綿入りだが軽いコートを着ている。足元は頑丈そうなレースアップシューズをはき、フリース素材のパンツを合わせていた。髪は後ろで束ねられ、肌はまだらに赤かった。

ヴィンチェンツォは一瞬、大丈夫かときさたくなった。直前まで泣いていたような顔だったからだ。顔をしかめかけたとき、シエナが小さな声で言った。「ごみ袋の上にバスタオルを敷いて。その上に座るから」

「ごみ袋？」彼はあっけに取られてきき返した。

「それにバスタオル。出産予定日まであと二週間しかないもの」

ヴィンチェンツォは意味を理解した。「わかった」彼女から二つを受け取る。

シエナを助手席に座らせるには少し手間取ったものの、うまくいった。ヴィンチェンツォはシートベルトをつけるのも手伝った。ようやく準備が整うと、シエナが足を伸ばして彼のほうを向いた。

「行ってみたいところはある？」

彼女の声にも座り方にも緊張が感じられた。この外出はうまくいくのだろうか？　だがやってみるしかない……。「どこでもいい。君が行きたいところはあるかい？」彼は尋ねた。

「海岸沿いはやめて、内陸へ向かったほうがいいかも」

シエナの指示にヴィンチェンツォは従った。平坦《へいたん》な耕作地の風景は牧歌的なデヴォンの丘陵地帯とはまったく異なっていたが、彼はなにも言わなかった。海辺で過ごした日々の結末を口にはできなかった。代わりにこの土地についての一般的な質問をすると、シエナが礼儀正しく答えた。

昨日の再会が緊迫感に満ちたものになるのは予想

していた。二人が積みあげたデヴォンでの心地よかった関係はもうなかった。

僕が壊したせいだ。

ヴィンチェンツォにできるのは今していることだけだった――シエナが許す限り、彼女を支えるためにそばにいること。親としての責任を引き受ける覚悟はできていた。

どれだけむずかしくても。

車を運転しながら、ヴィンチェンツォは隣に座るシエナに視線をやった。まもなく……あと二週間もすれば、僕の人生は取り返しのつかないほど永遠に変わってしまう。

いや、すでにそうなっている。

だが、それは赤ん坊だけが理由ではない……。

「どこかで昼食をとろうか？」

ヴィンチェンツォの声に、シエナは少し驚いた。

「ええ、いい考えね」礼儀正しく答えた。

提案されてシエナのもの思いは中断されていた。デヴォンでのつらい思い出がよみがえったとはいえ、こうして車に乗っているのはある意味で癒やしになった。地元の診療所か病院に行く以外は、どこにも出かけたことがなかった。

いつものように彼女は罪悪感を覚えて、無意識に手をおなかに伸ばした。

かわいそうに。こんな二人のもとに生まれてきて。

「あの場所はどういうところだい？」またしてもヴィンチェンツォの声がシエナの思考をさえぎった。

彼女はヴィンチェンツォの指さす先を見た。いわゆるサフォーク・ピンクと呼ばれるピンクの壁の店は繁盛しているように見え、外には〝おいしい食事！〟と書かれた黒板があった。どこにでもあるような店だ。

ヴィンチェンツォが狭いながらも出入りの激しい

店の駐車場に車をとめた。降りるのには時間がかかり、シエナは外出を後悔した。けれどすでに出かけてきたし、おなかはすいている。それにトイレにも行きたい。

ヴィンチェンツォはシエナを店内に案内した。デヴォンの田舎をめぐり、海岸を散歩し、ジェーン・オースティンの作品で有名な防波堤を歩き、アンモナイトの化石をさがした記憶がよみがえる。元気いっぱいの犬を連れた助産師からは、とても幸せで、わくわくしているでしょうと声をかけられた。一瞬一瞬を楽しんでと。

あのときもその言葉は空虚に聞こえた。

そして今は何千倍も空虚に聞こえた。

「このテーブルでいいかな？」ヴィンチェンツォの丁重な問いかけが聞こえ、シエナはつらい過去から我に返った。

「ええ、いいわ。ちょっと待ってて」シエナは化粧室へ向かった。歩く間も気おくれしていた。数分後、テーブルに戻る途中、別のテーブルに座る女性がヴィンチェンツォにちらちら視線を送っているのに気づいた。彼はわかっていないようすだ。しかし彼女の姿が目に入った女性は、大きなおなかを見て視線をそらし、頭の中でヴィンチェンツォに〝売約済〟のスタンプを押したらしかった。

でも、本当は違うでしょう？　たぶんいつか、ヴィンチェンツォは夢中になれる女性に出会うだろう。望んだことも歓迎したこともなく、ただ責任のみを感じている赤ん坊に定期的に会いに来るうちに。

シエナは想像するのをやめられなかった。どうしてそんなふうに自分を苦しめるの？　なんのためにそうするの？

なんのためでもない。

ヴィンチェンツォが引いてくれた椅子にどさりと腰を下ろし、シエナはぎこちなく感謝の言葉をつぶやいた。

予定どおりに赤ちゃんが生まれれば、二週間後にはヴィンチェンツォはいなくなる。イタリアに、自分の人生に戻るのだ。そして私は――。

シエナはそのことを考えたくなかった。

耐えられなかった。

ヴィンチェンツォはビールを飲みほした。気分は暗かった。彼とシエナは昼食をとりながらぎこちなく会話を交わしていたが、彼女はまた化粧室へ消えてしまった。今日という時間はまだ長い。出産予定日がくるまでずっとこんな調子なのだろうか？

ここへ来たのは間違いだったのだろうか？　僕はシエナを一人にしておくべきだったのか？

心が重くなった。絶望的な状況だ。

そうなったのは僕のせいだが。

デヴォンでのあの夜――。

ヴィンチェンツォは思い出すまいとした。意味がないからだ。そうしてもなにも変わらない。

いまいましい。

ある記憶がよみがえった。シエナが以前、投げつけた言葉がよみがえった。

〝手錠か鎖でつながれている〟

彼はメニューから目を上げた。

迫りくる未来が恐ろしくてたまらなかった。

しかし、僕は立ち向かわなければならない。逃げられないのだから。

ヴィンチェンツォは店内を見渡した。シエナが化粧室から出てきて、こちらへ向かってくる。彼は立ちあがり、シエナが座るまで椅子を押さえていた。

彼女の顔には奇妙な表情が浮かんでいた。とまどっているように見える。

「取り越し苦労だったらごめんなさい。大した量ではないんだけど、出血しているみたいなの」シエナが眉をひそめた。「どうしたらいいのかしら。たぶん、気にしないのがいちばんよね。戻ったら助産師に電話するわ。たまにあることだと言って、安心させてくれるかもしれないから」

座ろうとするシエナを、ヴィンチェンツォは制した。「店を出よう」

彼女がヴィンチェンツォを見た。「プディングはいらないの？」

彼は首を振った。「支払いをすませてくる」小切手を出し、バーカウンターへ向かった。「会計を頼みたいんだが」

ほかの客にビールを注《つ》いでいたバーテンダーがうなずいた。「かしこまりました」

「急いでくれ」ヴィンチェンツォはせかした。

その声を聞いてバーテンダーは即座に動いた。数分後、ヴィンチェンツォはシエナに向かって歩いていた。彼女は椅子の背もたれをつかんで体をかがめていた。

ヴィンチェンツォが腕を差し出すと、シエナは一瞬ためらったものの、手を伸ばした。そしてすぐに彼にもたれ、かすかに顔をしかめた。

パブをあとにしたヴィンチェンツォは、あせったようすを見せずにシエナを連れて車へ行った。彼女が座席に座るのを手伝い、ごみ袋の上にちゃんと折りたたまれたバスタオルがあるか確認する。それから車の自分の側に乗りこんだが、すぐにはエンジンをかけなかった。代わりにカーナビに目的地を入力した。

「なにをしてるの？」シエナが隣できいた。

ヴィンチェンツォは彼女のほうを向いた。「君を病院に連れていく」彼は答えた。

12

「病院？」シエナが反発した。「どうして？　私なら大丈夫！　ちくちくする感じも、陣痛の前兆もないんだから！　とにかく、本当の陣痛じゃないのよ。ブラクストン・ヒックス収縮という偽の陣痛ならときどき起こるけれど、それだって正常な反応だわ」

ヴィンチェンツォは車のエンジンをかけ、道路に出た。

「ヴィンチェンツォ、お願い！　必要ないわ。病院へ行っても追い返されるだけよ。病院に妊婦を出産予定日まで待たせておく余裕はないんだから」

しかし彼は車の速度を上げ、シエナに視線をやった。「助産師に電話してくれ」それは提案ではなかった。

シエナは眉をひそめたものの、ハンドバッグから携帯電話を出して短縮ダイヤルを押した。電話がつながるのを待ちながら、空いた手でおなかを押さえる。そのとき、ある考えが頭をよぎって顔をしかめた。最後に胎動を感じたのはいつだった？

しばらくして助産師が電話に出た。

数分後、通話を終えたシエナは氷のような恐怖に襲われていた……。

ハンドルを握るヴィンチェンツォの指の関節は白かった。頭の中には一つの言葉しかなかった。

いまいましい。

そうとしか言えなかった。だが次の瞬間、ある単語を耳にして頭の中が真っ白になった。

彼はカーナビの画面に目をやった。病院まではまだ三十キロ以上ある。できるだけ速く、安全に走らなくてはならない。制限速度はどうでもよかった。警察にとめられたとしても、病院までサイレンを鳴らして先導してもらえばいい。

ヴィンチェンツォは助産師との電話を終えたシエナをちらりと見た。彼女は青い顔をしていた。彼はスピーカーフォンにして話すよう頼んでいた。助産師はとても親身に質問に答え、穏やかに、だが強い口調で言った。〝病院で診てもらったほうがいいわ。近くなったらまた電話して〟

助産師はなにを調べるのか言わなかった。しかし、ヴィンチェンツォにはわかっていた。なにが起こっているのか、瞬時に理解していた。

胎盤剥離《はくり》――胎盤が子宮壁からはがれている。これは危険な状態だ……。

胸に激痛が走り、ハンドルを握る手にふたたび力が入った。彼は誰よりも出産には危険が伴うのを承知していた。

さらにアクセルを踏む。「気分はどうだい？」

シエナが唾をのみこんだ。「平気よ。気分は悪くない。ただ――」声が変わった。そこには恐怖がまじっていた。「ヴィンチェンツォ、赤ちゃんが動くのを感じないの。それとバスタオルが濡《ぬ》れてる」

「急ぐよ」彼の声は険しかった。

三十キロの道のりは複雑で、カーナビがなければ迷っていただろう。車は病院のすぐそばまで来ていた。駐車場にとめる時間も惜しんで、ヴィンチェンツォは産科病棟の入口へ直行し、そこで車をとめた。シエナはまた助産師に電話をかけていた。

「助産師は病院のロビーにいるそうよ。車椅子を持ってきてくれる？　それで私を運んでほしいんですって」彼女の声は震えていた。

ヴィンチェンツォはハザードランプを点滅させたまま運転席から降り、建物の庇《ひさし》の下に並ぶ車椅子を見つけると、一台を助手席側に持っていった。シエナがドアを開けていたので、彼女を抱きおろして車椅子に乗せると自動ドアへ急いだ。

制服姿の女性が二人に向かって駆けてきた。「よく来てくれました。いい判断です」女性の一人がヴィンチェンツォに言った。「駐車してきてください。まずは検査します」それからシエナに目を向けた。

ヴィンチェンツォは車に戻り、助手席のドアを閉めて運転席に座った。座席の上の淡いグレーのバスタオルの中央には大きな血痕があった。

急に気分が悪くなったのは血のせいではなかった。五分以内に彼は車を駐車場にとめ、産科病棟のロビーに戻った。横を通り過ぎていく医師の腕をつかむ。「胎盤剥離の可能性がある患者はどこに運ばれるのでしょうか？」

医師が振り返った。「ついてきてください」

シエナはその言葉を聞いても理解できなかった。しかし、はっきりとは聞こえた。

緊急帝王切開。

顔が真っ青になり、心臓が激しく打ち、全身の血が冷たくなるのを感じながら産科医と助産師を見つめる。

「急ぎましょう」産科医が言った。口調は穏やかで迷いがなかった。

診察室のドアが開き、ヴィンチェンツォが現れた。

「ヴィンチェンツォ！」シエナは叫んだ。

彼が診察台に横たわっているシエナのところに来た。自分が見られていい状態でないのはわかっていても気にならなかった。気にしていたのは産科医がたった今告げた内容だけだった。

ヴィンチェンツォがシエナの伸ばした手を握って産科医のほうを向いた。

「すぐに帝王切開で赤ん坊を取り出さなければなりません。胎盤がはがれ、胎児が危険にさらされていますから」

「わかっています」そう言うヴィンチェンツォの声を聞いて、シエナはおびえたうめき声をあげた。そうすれば我が子を守れるというように、もう一方の手をおなかへ伸ばす。

決して歓迎していなかった赤ん坊を……。

彼女は産科医に叫んだ。「手術してください！　今すぐ！」

医師がうなずき、ヴィンチェンツォに視線をそそいだ。

「彼も一緒に行きます！」シエナはまた叫び、必死にヴィンチェンツォの手を握りしめた。

「もちろんです」産科医が助産師のほうを向いた。「第一手術室へ行こうか」

それからはぼんやりと過ぎていった。悪夢のような時間だった。シエナは自分がストレッチャーに乗せられ、運ばれていくのを感じた。それでも、ストレッチャーに歩調を合わせるヴィンチェンツォの手は放さなかった。

私はこの子を望んでいたわけではなかった、とシエナは感情が大波のように押しよせる中で思った。これまでは憤慨したり、抵抗したり、愕然《がくぜん》としたり、自分を哀れんだりしていた。私が気にしていたのは人生が永久に変わってしまうこと、美術学校へ入る夢がまた犠牲になることだけだった。このかわいそうな子を欲しいとは思わなかった……。

でも今は……。

恐ろしくて、シエナは息をするのもやっとだった。まわりにいる医師は彼女に語りかけ、さまざまな情報を与えてくれた。けれど誰一人として、どうしても知りたい情報は口にしなかった。

もう手遅れなのかどうかを。

シエナには質問できなかった。答えてもらえないのはわかっていた。彼女はヴィンチェンツォの手をまた握りしめた。彼はシエナにも医師たちにもなにも言わなかった。

おびえながらも心の中で彼女は医師たちをせかした。急いで。お願い！

シエナは手術着に着替えさせられて横向きにされた。ヴィンチェンツォに手を握られたまま、背中に注射が打たれる。そして胸から下がカバーでおおわれ、なにも見えなくなった。

おなかに触れられなくなった手があてもなくさまよう。ヴィンチェンツォがその手を握った。

「落ち着くんだ。彼らはしなければならないことをしている」彼の声は緊張し、表情もこわばっていた。

シエナは絶望しながら手を握り返した。ささやく声はおびえていた。「ああ、ヴィンチェンツォ、私たちは赤ちゃんを失ってしまうんだわ！」ナイフのように鋭い恐怖に襲われている彼女の手を、ヴィンチェンツォは無言で握っていた。

カバーの向こうでなにが行われているのか、シエナにはわからなかった。わかるのは、耐えがたく苦しいほど長い時間がかかっていることのみだった。

動きがあり、なにかが始まっても、彼女はまだなにも感じなかった。助産師がなにかを運んでいるのが見えただけだった。

シエナはかすれた声をあげた。ヴィンチェンツォは彼女の手を強く握り、決して放さなかった。

「どうしたの？」問いかける声は苦悶《くもん》に満ちていた。けれど、なにがあったのかはわかっていた。もうすぐ産科医が現れて私を見おろす。彼はこう言うのだ。〝申し訳ありません。できる限りのことをしましたが、間に合いませんでした……〟

悲しみがシエナに襲いかかり、取りついた。

そして……。

か細く弱々しい泣き声がした。赤ん坊の泣き声が。

「男の子ですよ」産科医が言った。「おめでとうございます」

別の泣き声も聞こえた。赤ん坊のではない。シエナは顔をくしゃくしゃにし、涙で前が見えないほど泣いていた。

彼女はさらに別の声を聞いた。ヴィンチェンツォの低く深みがある声には感情がこもっていた。

「ディオ・シア・リングラツィアート」彼は言った。

〝神に感謝します〟

ヴィンチェンツォは目を閉じた。〝神に感謝します〟という言葉が頭の中に何度も鳴り響き、今まで味わったことのない安堵《あんど》感にひたっていた。産科医が話しているのに気づき、彼は目を開けて耳を傾けた。

産科医はシエナに語りかけていたが、ヴィンチェンツォにも励ましの笑みを投げかけた。「さあ、残りの作業を終わらせますよ。縫合をして、回復室へ運びます。ですがその前に……」

産科医が背を向け、ちょうどなにかをかかえあげていた助産師に手招きをした。助産師が二人のほうへやってくる。その腕に包まれた白い布の中から小さな泣き声が聞こえた。産科医がまたカバーの向こうに消えた。

「息子さんですよ」助産師が言った。

そしてシエナの伸ばした腕の中に、この世に存在する中でもっとも完璧な人間を置いた……。

シエナは一瞬にして圧倒的な愛が全身からわきあがるのを実感した。

「ああ、いとしい子……かわいい子……」

小さくて完璧な赤ん坊は、小さくて完璧な顔で彼女を見あげていた。息子への愛はいくらでもあふれ出し、永遠に消えなかった。

そのとき低く熱っぽい声が聞こえた。「この子は《ルイ・エ・》完璧《ペルフェット》だ！　僕たちのいちばん大切なものだよ《イル・ノストロ・ピウ・プレツィオーソ》」

シエナはヴィンチェンツォの腕に手を置いた。

「私たちの息子よ。ああ、ヴィンチェンツォ……」

彼がシエナの横にしゃがみ、腕の中の小さくてとても貴重な命を見つめた。その目には涙が浮かんでいた。「こんな気持ちになるとは……」

彼女はヴィンチェンツォを見た。「私も……」

すると、助産師が二人を見てほほえんだ。「赤ちゃんはとても元気そうです。大変な出産になってしまって残念でしたが、こういう場合もあるんです。この子は新生児集中治療室《N I C U》へ入れて――」

シエナはぱっと目を見開き、悲鳴をあげた。「NICUですって？」急に声に恐怖がまじる。

「少しの間、ようすを観察するだけですから」助産師が即座に彼女を安心させた。

「なにかおかしなところがあるのね」それでもシエナの声にはまだ恐怖があった。目は大きく開かれ、なにも考えられなかった。

やっぱり……私にはできないことだった……資格がなかったのだ……。

助産師がふたたび穏やかにきっぱりと言った。

「いいえ、なにもありません。約束します。この子は健康そのものです。私たちはただ、急ぎ足で生まれてきたこの子がいい人生のスタートを切れるようにしたいだけなんですよ」

ヴィンチェンツォの手がシエナの肩を強く握った。

「心配はないのですか？」

シエナはその声から自分と同じ恐怖を感じて彼の服の袖を握りしめた。

「なにもありません」助産師が断言した。

「そのとおりですよ！」カバーの向こうで忙しく手を動かしている産科医の声もした。

シエナは恐怖が消えていき、肩をつかむヴィンチェンツォの手から力が抜けるのを感じた。

助産師が明るく続けた。「では赤ちゃんとの時間を楽しんでください。そのあとで運び出します」

穏やかにほほえみ、助産師はふたたびカバーの向こうへ消えた。なにをされているのか、シエナは知りたくなかった。なぜなら、彼女の全世界は目の前にあったからだ。

それはなにより大切で完璧な赤ん坊だった。

ヴィンチェンツォは車のそばでまだ呆然《ぼうぜん》としていた。数時間前、午後に車をとめたときには、早く病院に着かなくてはという切迫感と、シエナから必死に隠していた胸をえぐる恐怖しかなかった。しかし今はなにもかもが一変していた。

ゆっくりと車のドアを開け、運転席に座る。あまりのことになにも考えられず、疲れていた。そして同時に……。

ヴィンチェンツォはしばらく目を閉じた。赤ん坊のか細い泣き声が聞こえたとたん、必死の祈りが通じたのがわかった。そのときにわきあがってきた感情がもう一度よみがえってくる。あのとき、僕の全身は感謝に貫かれた。そこにはさらに後悔もあった。

僕は気づいていなかった。なにも知らなかったのだ。

だが今は知っている。赤ん坊がとてつもない贈り物だということを。

あのか細い泣き声を聞いたとき、産科医が〝男の子ですよ〟と話すのを聞いたとき、口からこぼれ落ちた言葉がまた脳裏をよぎった。

〝神に感謝します〟

目を開けたヴィンチェンツォはイグニッションキーをまわし、車を駐車場から出した。そしてシエナの隣の家に戻った。翌朝、彼はシエナが準備していたバッグを持って病院へ戻った。彼女は一日入院する必要があり、ヴィンチェンツォは問題がないなら個室に移してほしいと頼んでいた。息子については……。

僕の息子。

その言葉が頭の中に響いた。信じられないほどすばらしい言葉だ。

息子は保育器の中ですやすやと眠っていた。ヴィンチェンツォはシエナの病室へ戻ってなんの問題もないと報告し、自分はあまり長居をしないほうがいいこと、明日には退院できることを伝えた。

「さあ、少し眠って回復に努めるんだ」彼はシエナを見おろしてほほえみ、病室を出た。

彼女は疲れきっているように見えた。

胸が締めつけられたが、ヴィンチェンツォは無視した。そして車に乗り、病院を離れた。

13

病院の個室はとても快適で、シエナは枕を背中に置いて起きあがり、横のベビーベッドにいる息子を見つめた。赤ん坊はすやすやと眠っている。

無事に新生児集中治療室《NICU》は出られた。

〝息子さんは問題ありません〟今朝、産科医はそう言った。〝出産は緊急事態でしたが、影響はありませんでした。生命兆候《バイタルサイン》はすべて正常です〟

〝本当ですか？〟シエナはおびえながらきいた。

〝はい。健康な赤ちゃんですよ。なんの心配もありません〟

ベビーベッドを見つめる間、彼女はその言葉を反《はん》芻《すう》した。さまざまな感情が錯綜《さくそう》しつつ押しよせてくる。理由もさまざまだった。

看護師がドアをノックして顔をのぞかせた。「お客さまです」明るい声で言った。

ヴィンチェンツォが病室へ入ってくると、シエナは自分の中でなにかがはねるのを感じ、それを抑えつけた。

彼が挨拶のようにちらりとシエナを見てから、ベビーベッドへ目をやって口元をほころばせた。名残惜しげに視線を息子から離し、シエナに戻してやっとほほえむ。とても慎重な笑みだった。

「調子はどうだい？」心配そうな声は本物で、シエナはうれしかった。感情が揺れるのがわかった。

「私は元気よ。鎮痛剤はのんでるけど、少しなら歩けるようになったの。体にもいいらしいわ」シエナはベビーベッドを横目で見た。「それに見てのとおり、この子はNICUを出たし」やさしい声で言い、安堵《あんど》の表情を浮かべて、ヴィンチェンツォを振り返った。心の中には多くの思いがあった。そのいくつかを声に出したかった。「ああ、ヴィンチェンツォ……」彼女は静かに心をこめて話し出した。「私が危険な状態だったと気づいてくれてありがとう。不必要に不安になるような情報は調べないようにしてたの。神経がすり減るだけだと思ったから。助産師は問題ないと言ってたし、あなたを心配させたくなかったのよ」

「そこまで危険な状態とは思っていなかったんだ」ヴィンチェンツォが心配そうに言った。

「でも、あなたがいなかったら――」恐怖で言葉がつまった。

ヴィンチェンツォは手を上げた。「僕がいなくても、君は電話で助産師にきいてタクシーで病院に行ったはずだ。だからこれ以上考えないでくれ。なにもかも無事に終わったんだから」彼がベビーベッドを見た。「あの子のようすはどうだ？　とても安らかな顔をしているから――」言葉がとぎれた。その声は感極まっているようだった。

「問題ないわ」シエナは答えた。「なにも」

しばらくの間、二人はただ息子を見つめていた。

「名前は考えたかい？」ヴィンチェンツォがためらいがちに尋ねた。

彼女の声もおずおずとしていた。「あなたのお父さんの名前をつけるのはどうかしら？」

「父はロベルトだ」彼が響きを試すように口にした。

シエナも発音してみた。「ロベルトは英語だとロバートね。愛称はロブとかボブ、ボビーになるわ」

いい響きだった。

「君のお父さんの名前でなくていいのかい？　ミドルネームにするとか」ヴィンチェンツォがきいた。

本能的にシエナは首を振った。

顔をしかめた彼がさぐるように見た。「なぜ？」

彼女はすぐに答えられなかった。つらい記憶にむしばまれ、あらゆる恐ろしい感情に襲われていた。

ヴィンチェンツォがシエナの横に椅子を引いてきて座った。「どうしたんだ？」もう一度、不安そうな低い声で尋ねた。

彼の顔を見たくなくて、シエナはうつむいて上掛けを引っぱった。ベビーベッドの赤ん坊を強く意識していた。私の子は無事で健康で……全然違う……。

「話せるかい？」ヴィンチェンツォの声はまだ低かった。

シエナは言いたくなかったけれど、言わなければならないのはわかっていた。言えないことはたくさんあったものの、これだけは言えた。自分のためにもそうする必要があった。妊娠して以来、どういう気持ちでいたか理解するために。

ヴィンチェンツォを見つめ、シエナは息を吸った。それ自体むずかしかった。さまざまな感情がさまざまな理由からねじれ、もつれ、からみ合っていた。

「セルコム・ホテルにいたとき、あなたは私が美術学校に行かなかった理由を知りたがったわよね。私はちゃんと答えなかった」

シエナは言葉を切って、しばらく目をそらした。そしてまた続けた。とても残念で悲しい話だった。

「兄夫婦に赤ちゃんが生まれたばかりだったから行かなかったの。その赤ん坊には――」また言葉を切り、ヴィンチェンツォを見つめた。「その子には重度の障害があったわ。義理の姉からの遺伝による不治の病で、長くは生きられなかった。やっと家に連れて帰れても、二十四時間態勢の介護が必要だった。兄夫婦は取り乱していたわ。だから、私は家に残って二人を支えたの。医療面でも感情面でも」

シエナはふたたび口をつぐんだ。

「父の名前をつけられた赤ん坊は……昨年亡くなったわ。その死はわかっていたこととはいえ、兄夫婦は傷ついた。それでオーストラリアに移住したの」

そこでシエナは黙りこんだ。しかし、まだ言わなければならないことがあった。

「兄夫婦がオーストラリアに移住したあと、私は美術学校を再受験し、再合格したわ。そのときは長い間保留になっていた私の人生がやっと始まったと思った。でも――」

彼女は横に座るヴィンチェンツォを見た。

「今ならわかるの。甥《おい》に起こったことが我が子にも起こったらと思うと、あなたに話したくなかったし、考えたくもなかったんだって。私は罪悪感を覚えてた。自分は子供を産むのに、かわいそうな兄夫婦は子供を亡くしたばかりだったから。それに……恐ろしかったの。甥の病気が兄ではなく義理の姉からの遺伝によるものなのはわかってる。それで私は恐怖を感じてたんだと思う。妊娠が順調でも、私にも悪いことが起こるんじゃないかって想像せずにいられなかった」

シエナは勢いよく息を吸った。

「危うく、そうなるところだったわ」彼女はヴィンチェンツォの手を取って握りしめた。「あなたはあの出血が危険だと、見てわかったんでしょう？」

ヴィンチェンツォが重々しく悲しげに話し出した。

「あの行動には理由があったんだ。予定日が近づくにつれ、僕は妊娠後期と出産についてできる限り学んだ。どんなリスクがあるのか、どんな問題が起こるのかを。うまくいかない可能性があるのは知っていた。なぜかというと……」彼が息を吸った。「母のどきがそうだったからだ。母は命を落とした」その声はうつろだった。「母は分娩《ぶんべん》時の合併症で亡くなったんだ」

彼の目は過去を——失った母親と顔を見ることもなかった妹、妻と娘を失った父親を見ていた。そしてまたシエナをとらえた。

「君には絶対に言いたくなかった。母の死によって父が打ちのめされ、妹の命も奪われたせいで、僕は心のどこかで怒りを感じていたんだと思う。だから……君の妊娠にも……」

「不注意すぎた妊娠に怒りがあったのね」シエナの声は平坦《へいたん》だった。彼女はヴィンチェンツォを見つめた。「あなたも私も家族に悲劇があって、決して失ってはならないものを失った。両親だけでなく、二人の子供も愛され望まれていたのに命を落とした。私たちが——」彼女はまた言葉を切った。顔がこわばり、声がつまる。感情がこみあげていた。九カ月もの間抑えつけられ、否定されてきたその感情は今、とめられない大波となって押しよせていた。「妊娠を望んだことがなかったなんて間違ってた！　完全に間違ってた！　昨日は……ああ、私たちはもう少しでこの子を失うところだったのよ！」

突然、シエナは震えはじめた。涙があふれそうで嗚咽《おえつ》を我慢できず、話すことができなかった。

そのとき、ヴィンチェンツォの腕がシエナを包んだ。力強く確かな腕はシエナを抱きよせ、嗚咽をもらす彼女を守っていた。彼は何事か話しかけていたが、イタリア語だったので理解できなかった。しかし、シエナはその言葉が情熱的で激しいのに気づいた。涙をとめどなく流す彼女を、ヴィンチェンツォはずっと抱きしめていた。

彼の腕の中こそ宇宙で唯一、シエナがいたいと望んでいる場所だった。

彼女は身を引いた。「ごめんなさい」くぐもった涙声で謝る。「泣くべきじゃないのはわかってる。ただ――」それ以上言えず、言葉を切った。

手はまだヴィンチェンツォの温かくて力強い手にしがみついていた。しかし、その手はシエナのものではなかった。

ヴィンチェンツォがシエナの手を握りしめた。

「もう恐れる必要はない。ロベルトは健康に生まれてきた。そのことに感謝しよう。僕たちが考えなければならないのはそれだけだ。あとは……将来」

その声はなにかが違っていて……シエナはヴィンチェンツォを見た。心臓が激しく打ち、背筋が冷たくなる。彼女はおそるおそる手を振りほどいた。

大きく息を吸った。限りなくむずかしかったけれど、言わなくてはならないことを言おうとした。彼を思って。

「ヴィンチェンツォ……大丈夫よ。なにも言わなくていいわ。将来ならわかってる。ずっとわかってた」声はうつろに響いて、シエナは自身に言い聞かせた。彼が言うのを待つのではなく、自分で言わなくては。そうでなければいけないのだ。

昨日、危うく悲劇を経験しかけたせいで、妊娠中にかかえていたものすべては――つまり恐怖や罪悪感や憤りやわだかまりは消えていた。そして幸運にも、愛する大切な我が子と出会えた。

けれど、私は残された問題に立ち向かわなければならない。

一瞬、胸に痛みが走った。それでもシエナは前に進むつもりだった。そうでなければなにも変わらない。昨日の恐ろしい出来事は終わった。

「私たちは前に進まなければいけない」彼女は無理をしてヴィンチェンツォを見た。「あなたはとてもいい人だった。昨日はありがとう」

声が不安定になるのがわかった。でもこの痛みと苦悩を彼に負わせてはいけない。

「今日もここへ来てくれて、個室を用意してくれて、ようすを見てくれてありがとう。あなたの支えがうれしかったわ」シエナは唾をのみこんだ。喉に石がつまっているようで声を出すのがつらかった。それでも話さなければ。どんなにつらくても言わなければならないことを言うのよ。「けれどこれ以上、あなたに迷惑をかけたくない――」

「迷惑？」ヴィンチェンツォの声が急に鋭くなった。彼が椅子を押して立ちあがる。シエナを見るその顔はぎょっとしていた。

彼女は無理をして続けた。「あなたは私に本当によくしてくれたわ。だからとても……とても感謝してるの。でも、あなたは自分の人生に戻りたいと思ってるでしょう？」

「自分の人生に？」彼の声は平坦だった。

シエナは言うのがむずかしいことを言った。なにがあってもそうしなければならなかった。赤ん坊が無事に生まれた安堵感はいつまでも続かなかった。今はふたたび現実に向き合わなければならなかった。罪悪感があったとはいえ妊娠を歓迎しなかったこと、妊娠しなければよかったと思っていたことが帳消しになるわけではない。

しかし、指はシーツをつかんでいた。「ヴィンチェンツォ、私はあなたに一緒に過ごした夜の責任を押しつけてた。赤ちゃんが無事に生まれてきてくれて感謝してるのはわかる。でも、あなたには負い目を感じてほしくない。あなたが自分の責任だと強く思ってるのは知ってるけど……」

ヴィンチェンツォの表情が変わった。その表情は前にも見たことがあった。

「責任？　君は僕をおとしめているのか？」

彼の声には血も凍らせる冷たさがあり、シエナは困惑した。「ヴィンチェンツォ……」口調は苦悶《くもん》に満ちていて、ひと言ひと言がたどたどしくためらいがちだった。「わかってるでしょう。もし昨日が悲劇で終わってたら、私たちは二度と会うことがなかったはずだわ。会う理由がないもの」しゃべるのがつらくてたまらない。「二人の間にあるのは赤ちゃんだけで、ほかにはなにもないんだから」

ヴィンチェンツォはシエナを見つめていた。彼女はそれに耐えた。たとえどんなに心がつぶれそうで、息が苦しくても我慢した。

彼は窓を背にしていて逆光になっていた。

「そんなことはない」言葉が聞こえた。

ヴィンチェンツォはショックを受けた。自分の言葉が頭の中に響いている。〝そんなことはない〟

そうだ、真実ではない。

目がシエナのベッドの横にあるベビーベッドに向いた。鼓動が高鳴る。僕の息子……。

あの子はシエナの息子でもある。

しかし、別の言葉がそれをうわ書きした。

いや、あの子は僕たちの息子なのだ。

息子を授かった夜を僕は忘れられなかった。その記憶は今も脳裏に焼きついている。だから二度目の夜も、僕はシエナを情熱的に求めた……。

最初の夜、二人の間にあった真実を直視したくなくて、僕は朝になると彼女を置いて部屋を出ていった。しかし二度目の夜は……。

シエナのほうが僕を置いて去っていった。僕は彼女の意思と決断を尊重して、自由に行動できるようにしなければならなかった。

今は……。

今、ヴィンチェンツォは衝動に駆られていた。

「そんなことはない」彼は繰り返した。

最初の朝、僕がシエナを置き去りにしなかったら？　もし部屋に残っていたら？　二度目の朝も、もし彼女が出ていかなかったら？

ヴィンチェンツォは答えを知っていた。だからシエナの言葉を否定したのだ。

「そんなことはない。初めから僕たちの間にはなにかがあったんだ。今もね、シエナ」

顔を上げたシエナは、ヴィンチェンツォの目に浮かぶ激情を見て動けなくなった。


「初めからだ」彼がもう一度言った。「それはずっとあったんだよ。シエナ、否定はできないだろう」

「あの夜はあってはいけなかったのよ！」

「どうしてだ？　妊娠したからか？　だとしても、あの夜の僕たちを否定する理由にはならない」彼の声が変わった。「デヴォンでの夜も同じだ」

シエナはひと言も話せなかった。頭の中が混乱していた。こんなことはあってはならない。ヴィンチェンツォは私の言葉を受け入れるべきだ。二人の間には苦悩に満ちた状況を知らずに眠る赤ん坊以外、なにもないのだと。

ヴィンチェンツォはまだ話していた。その声は重々しく、注意深く、慎重だった。

「あの朝、君がデヴォンを去ったとき、僕は君の決断を尊重した。僕とこれ以上かかわりたくないという、二人の間には望んでいなかった妊娠以外にはなにもないという君の意思を」

「なにもなかったでしょう！　私はずっとわかってた」シエナは声をあげた。

「違う」ヴィンチェンツォが言った。こちらを見る表情は険しく、声もいつもとは異なっていて、シエナは息が苦しくなった。なにかに喉を締めつけられているかのようだ。

彼はまだシエナを見つめながら話していて、シエナの喉はさらに締めつけられた。まるで決して口にしたくないなにかを抑えこんでいるみたいだった。

「シエナ、僕たちを引きつけているものはなんだろう？」

ヴィンチェンツォの声に激しさがまじった。目はまだシエナの目をとらえていて、彼女は顔と体が緊張していくのを感じた。喉はさらに締めつけられ、呼吸が苦しくて心臓がどきどきした。

ヴィンチェンツォが自分の質問に答える声が聞こえた。彼女はなにも言えなかった。

「二人の間にできた子供？　たしかにそうだが、赤ん坊はどうやってできた？　シエナ、最初に君を見たとき、僕は君が欲しくて欲しくてたまらなかった。まさに一瞬の出来事だったよ。君にとっても同じだったに違いない。一緒に過ごした夜が証拠だ！　そしてその夜以来さまざまな出来事があったが、僕たちの間に燃えあがったすさまじい欲望が消えることはなかった。どちらもその事実を否定できるとは思わない」

ヴィンチェンツォが手を伸ばしてシエナの手を強く握った。彼の表情はもはや険しくはなかったが、目はまだシエナをとらえたままだった。

「欲望だ、シエナ……それが僕たちを引きつけた。ロンドンでも、そしてデヴォンでも……。そうでなければ僕たちがふたたびベッドをともにした理由がわからない。あれほど用心していたんだから！　それに、僕たちを引きつけているものはほかにもある。

僕たちは親になるという奇跡を手に入れた。長い間避けてきたが、今は最初から望んでいたようにはかり知れない命の贈り物を喜び、大切にしている」声は震えながらも激しく、シエナは聞いているだけで耐えられなかった。

しかし、話はまだ終わっていなかった。

ヴィンチェンツォがこちらを見つめつつベッドの横で立ちあがった。シエナは口もきけず、心臓が激しく打つ音を聞きながら、なにもできずにいた。彼の言葉を聞く以外は。

ヴィンチェンツォがまた話し出した。目はまだシエナを見つめ、温かな手は力強く彼女の手を握っている。「もう一つ、僕たちを引きつけ、結びつけ、つなぎとめているものがある」声がやさしくなった。「僕たちが認めれば、だが」

シエナは言葉を発することができず、ただヴィンチェンツォを見つめるしかなかった。胸が高鳴り、耳鳴りがした。

「それと君が望むなら、だが」彼が続けた。「君と過ごした二度目の夜、僕は否定できない真実を突きつけられた。たとえ君が否定しても、感じていなくても、僕は受け入れる。だとしてもなにも変わらないからね。僕にとっては真実だから」

見つめられて、シエナは頭がくらくらした。耳の奥には鼓動が響き、今にも気が遠くなりそうだ。けれど言わなくては。話さなくてはいけないのだ。どんなにつらくても。

「でも、私にとっては違う」シエナの声はささやくように小さかった。「なにもかも変わるわ。ああ、ヴィンチェンツォ、私たちの間にあるかもしれない〝もう一つ〟ってなんなの?」すべてをかけて問いかける顔には苦悶の表情が浮かんでいた。

ヴィンチェンツォがゆっくりと、重々しい笑みを浮かべた。緊張していた顔が変化していく。

夜のようにあなたにとって意味をなさないものかもしれないと思うと、耐えられなかったの！」

自責と後悔の念に駆られたのか、ヴィンチェンツォの声がうわずった。「最初の夜は欲望に駆られていただけだった。特別なひとときにするわけにはいかなかったんだ。僕はそうなるのを恐れていたから。最初のボタンをかけ違えたせいで、僕たちはあらためて一緒に時間を過ごさなければならなかった。そしてゆっくりと少しずつ……」

彼がシエナの両手を握り、一本ずつ唇で指に触れた。

「二度目の夜……僕は気づいたんだ……」勢いよく息を吸った。「シエナ、君に単なる欲望以上のものを感じていると」

ヴィンチェンツォが口をつぐみ、シエナの両手を握りしめて彼女を見つめた。彼の目も言葉と同じことを伝えていた。

「シエナ、君はなんなのか知っているだろう。僕も知っている。言ってくれ」

しかし、彼女には言えなかった。ただ心臓が激しく打つのを感じながらヴィンチェンツォの手にしがみつくことしかできなかった。

「それなら僕が代わりに言おう。これが欠けていたパズルのピースだ。僕たちの関係は欲望から始まった。それは即座に燃えあがり、あまりに強い力を持っていたので、僕たち二人は経験のない行動に走ってしまったんだ。そして親になるとわかった。だが、僕たちはその真ん中の部分を見逃していた。デヴォンでのあの夜、僕は答えを見つけたと思ったんだ。ところが朝になって目が覚めたら、君はいなくなっていて――」

言葉がシエナの口からほとばしり出た。「ヴィンチェンツォ、だから私はあなたから逃げたのよ！　耐えられなかったから！　それが初めてともにした

「愛だよ、シエナ。それが欠けていたピースだったんだ。欲望から僕たちがつくり出したもう一つのものだ」ヴィンチェンツォの視線がベビーベッドに向けられた。「僕たちの息子以外に。大切な、最愛の息子のほかにね」

シエナの頬を涙が伝った。その涙は多くを物語っていた。デヴォンでの夜のあと、私はベッドから逃げ出しながらヴィンチェンツォに恋をしているのに気づいた。でも彼にとっての自分は欲望の解消相手か、不本意な母親にすぎないと思っていた。

これは絶望的な恋だと思っていた。何カ月もヴィンチェンツォから離れ、一人ぼっちで妊娠期間を過ごしながら、残りの人生もただ欲望の解消だけを望む男性と子供を分かち合わなければならないのがつらくて泣いたこともあった。

しかし今は胸の奥で花が咲き、甘い空気が肺を満たし、喉の耐えがたい痛みが消えるのを感じた。恐怖や苦悩はもうどこにもなかった。私一人が抱いていると思っていた愛を、ヴィンチェンツォも抱いていたなんて。二人は愛し合っていた……。

泣きながらシエナはヴィンチェンツォの名前をたどたどしく呼んだ。彼が身をかがめ、そっとやさしくキスをする。

愛をこめて。

「もう泣かないでいいんだ、シエナ」ヴィンチェンツォが言って、またキスをした。

「これはホルモンのせいなの」彼女は涙を流しつつ笑った。

「愛も理由だろう、シエナ。ほかになにがある？」涙で曇った視界でも、ヴィンチェンツォの目がうるんでいるのは見えた。初めてシエナが息子を抱いたときも、彼は涙ぐんでいた。

シエナは言葉につまりながら言った。「あの朝、あなたをデヴォンに置き去りにしたのは、二度目の夜を最初の夜のように過ちだと思って後悔するのに耐えられなかったからなの。それにあなたに恋をしていることにも気づいたから。そうなったらあなたから離れるしかなかった。ベッドの相手として望まれるだけだなんて……最悪の場合は体さえも求められなくなるなんて我慢できなかった。あなたがいないこの数カ月はずっと苦しかったわ。あなたに恋をしているのに、赤ん坊の父親であるあなたがそれ以上の存在には決してならないという事実に生涯悩まなければいけないと思ってた」

「僕も同じことを考えていた」ヴィンチェンツォの声は感情的になっていた。「地獄のようなこの数カ月間、君は僕を遠ざけていた。僕の望みは君のそばに行くこと、一緒にいることだけだったのに……。僕は君を愛していたのに、君は僕がそばにいるのに耐えられないのがつらくてたまらなかった。この先何年もそんな君と息子を育てていかなければならないのも。君がいつか愛する人を見つけたらと思うと胸が張り裂けそうだったよ！」

シエナの口から嗚咽がもれた。「ああ、ヴィンチェンツォ……私たちってすごく愚かだったのね！本当にばかだった！」

彼女はまた泣き出すと、ヴィンチェンツォを抱きよせて唇を唇に押しつけた。胸はたくさんの感情ではち切れそうだった。

そのたくさんの感情には、たった一つの名前がついていた。

愛という名前が。

ヴィンチェンツォは愛を告白してくれた。私も同じ気持ちを抱いているなら、彼が言ったことを否定してなんになるの？

私は絶対に否定しない。これから先も決して。

ヴィンチェンツォが独占欲もあらわに愛をこめてキスをすると、シエナも独占欲もあらわに愛をこめて彼にキスを返した。その目には涙が浮かんでいた。

少し身を引いて唇を離し、ヴィンチェンツォがシエナの目をじっと見つめてほほえんだ。彼女はヴィンチェンツォの名前をいとおしそうにささやいた。

彼がシエナを永遠にも思えるほど長い間抱きしめる。それからベッドの向こうのベビーベッドに目を向けた。すやすやと眠る息子はまわりでなにが起こっているのかまったく気づいていなかった。そんな我が子を見るヴィンチェンツォの表情は穏やかだった。

彼の目にはシエナへの愛と、大切に思う息子への愛がたたえられていた。「この子は受胎によって僕たちを結びつけ、誕生によっても結びつけてくれたんだな」

「これからは」シエナは小さな声で言った。「この子の成長を一緒に見ながら生きていくのね」そのまなざしは愛に満ち、これまで知らなかった喜びに輝いていた。


シエナは枕にもたれかかり、ヴィンチェンツォの手を握りしめた。幸せで胸がいっぱいだった。

彼女はヴィンチェンツォを見つめた。

愛する男性を。

私が求め、それから怒りを覚え、少しずつ愛するようになったこの人は、一度は愛におびえて逃げ出した。でも今は……。「これ以上の幸せがあるかしら？」

ヴィンチェンツォが首を振った。「ないな。あるとすれば……」そしてシエナを見つめた。「シエナ、僕はかつて傲慢にも、結婚すべきだなどと言った。だが今は君に申しこみたい。僕の妻になってくれないか、シエナ？　僕を君の夫にしてくれるなら、結婚式の日、今より幸せになれると思うんだ」

シエナは愛と喜びと、二人を取り囲む無限の幸福がこもった笑い声をあげた。そのとき、声が聞こえてきた。小さな泣き声だ。

二人の目がベビーベッドにすばやく向いた。

息子が目を覚ましたのだ。

ヴィンチェンツォは慎重にベッドに近づき、息子を抱きあげて母親に渡した。

二人の愛の証《あかし》を。二人の愛の生きた象徴を。

ヴィンチェンツォがいなければこの子は生まれていなかった。シエナはあふれんばかりの感謝の気持ちとともに、大切な息子を胸に抱きよせた。

それから完全な喜びにひたった。

ヴィンチェンツォがやさしくシエナの額にキスをした。そのそばには二人が愛し合う理由であり証拠であり、そして未来である息子がいた。

エピローグ

シエナは静かな教会の敷地に立ち、そばにいる男性の腕に手を置いていた。二人は小さな墓を見おろしていた。その白い墓石は二つの墓の間にあった。

彼女は涙で声をつまらせた。「来てくれてありがとう。私にはとても大切なことだったの」

隣にいた男性がシエナの手を握りしめた。「僕にとっても大切なことだ。来られてよかった」彼が小さな白い墓に目を戻した。「この子は安らかに眠っているんじゃないかな。祖父母と一緒だから。それに、おまえや新しいいとこが会いに来てくれた。もうすぐ生まれてくる弟も同じことをするはずだ」

感情があらわな兄の声に、シエナは顔を上げた。

「遺伝子カウンセリングのおかげで、兄さんたちがまた親になれると聞いてうれしいわ」シエナはほほえんだ。「その子が大きくなったら、オーストラリアへ遊びに行くわね。ボビーが長時間の飛行機での移動に耐えられるくらい大きくなったら」

「まずはロンドンからイタリアへ飛ぶ便で練習だな」兄がにこやかに言った。「ミラノでの生活が楽しみみたいでうれしいよ。イタリアで美術の勉強をするなんて理想的だ。新婚旅行ではシエナの町に行くんだろう？　ヴィンチェンツォから聞いたぞ。ルネサンス期にあそこで活躍していた画家たちは、シエナ派と呼ばれているそうじゃないか」

シエナはうなずいた。「完璧な場所でしょう？」

「では妹よ、結婚式へ向かおうか。バージンロードを歩こう」

二人は幼いころから慣れ親しんだ教会へ歩いた。こぢんまりとした結婚式ではシエナの兄が花嫁を祭壇へ連れていき、メーガンが付添人としてボビーを抱いている予定だった。

兄と妹は教会の扉に着いた。「準備はいいか、妹よ？」

古いオルガンの音色が聞こえる。「いいわ」シエナは答えた。バージンロードを歩く間、彼女の目は祭壇のそばに立つ男性にまっすぐそそがれていた。ヴィンチェンツォ。私は彼を心と魂のすべてで愛している。

花婿が振り向き、花嫁にほほえみかけた。そこにはありったけの愛が表れていた。

胸がいっぱいになり、シエナは兄の腕を取りながら歩きつづけた。最愛の息子の最愛の父親と結婚し、その妻になるために……永遠にヴィンチェンツォの最愛の妻になるために……。

ハーレクイン®

富豪と別れるまでの九カ月

2025年5月5日発行

著　　者	ジュリア・ジェイムズ
訳　　者	久保奈緒実（くぼ　なおみ）
発 行 人	鈴木幸辰
発 行 所	株式会社ハーパーコリンズ・ジャパン 東京都千代田区大手町 1-5-1 電話 04-2951-2000（注文） 0570-008091（読者サービス係）
印刷・製本	中央精版印刷株式会社

ISBN978-4-596-72795-4 C0297

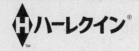